KB037562

The world famous poems we loved

하루에 시 한 편, 세계 名詩 365

칼라일 외 지음 | 윤호 엮음

푸른
문학

날마다 함께하는 마음의 친구
하루에 시 한 편, 세계 명시 365

시는 결코 어렵지 않습니다.
시는 읽고 분석하는 것이 아닙니다
그저 마음으로 읽고 가슴으로 느끼면 됩니다.

《하루에 시 한 편, 세계 명시 365》는
릴케, 랭보, 보들레르, 프로스트, 칼린 지브란 등 세계적
으로 널리 암송되는 시인의 시를 한 권에 모았습니다.

하루를 시작하는 아침이나 마무리하는 저녁, 어느 페이
지든 손 가는 대로 펼치고 느끼시기 바랍니다.
이 시가 당신이 마음 깊이 들어와 행복을 전해줄 것입
니다.

차례

하루에 시 한 편,
세계 名詩
365

선물

| 사라 티즈데일 |

나는 첫사랑에게 웃음을 주었고,
둘째 사랑에게는 눈물을 주었다.
셋째 사랑에게는 아주 오랫동안
깊고 깊은 침묵을 선물하였다.

내게 첫사랑은 노래를 주었고,
내게 둘째 사랑은 눈을 주었다.
오, 그러나 나의 셋째 사랑은
내게 나의 영혼을 선물하였다.

이슬에 장미 지듯이

| D. 튼 |

내 안에 나를 괴롭히는 불길 하나 키우나니
가슴이 아프면서도 마음은 한없이 즐겁구나.
이토록 즐거운 아픔이어서 사랑도 하는 것을.
그 아픔을 버려야 한다면
내 차라리 죽음을 선택하리.

허나 그대는 알지 못하네, 슬퍼하는 이 마음을
내 혀 말하지 않고 내 눈빛 내색하지 않으니
한숨도 눈물도
이내 아픔을 드러내지는 않겠지만
그래도 이슬에 장미꽃 지듯이
말없이 지고 마는 안타까움.

사랑의 시장

| 따 흐 우엔 |

사랑의 시장, 그 따스한 밤은
장이 서는 날보다 더 붐빈다.
등도 없고 노점상 불빛도 없고
단지 말만 있을 뿐.
알고 있으면서도
어색한 우리는 친구가 되네.
한 쌍, 한 쌍, 그리고 또 한 쌍.

꽃봉오리 같은 너, 꽃과 같은 나.
별빛을 그리다가 이만큼 그리움만 키웠나.
산도 누워버리고 나도 눕는다.

봄밤은 부드러운 향기를 퍼뜨리고
숨이 차도록 너를 안는다.
아침이 밝아 숲의 새가 지저귀면
풀잎에 맺힌 이슬방울 영롱하다.

내 인생은 장전된 총
| 디킨슨 |

내 인생은 장전된 총.
구석에 서 있던 어느 날
마침내 주인이 지나가다 알아보고
나를 데려갔다.

우리는 국왕의 숲을 헤매면서
사슴사냥을 하고 있다.
내가 주인 위해 고함칠 때마다
산과 들은 두려움에 떤다.

밤이 되어 멋진 하루가 끝나면
나는 주인님 머리맡을 지킨다.
밤을 함께 보내다니 푹신한
오리 솜털 베개보다 더 좋다.

그분의 적에게 나는 두려운 존재이다.
총구를 겨누거나
엄지에 힘을 주면
아무도 두 번 다시 움직이지 못한다.

그분보다 내가 더 오래 살지 모르나
그분은 나보다 더 오래 살아야 한다.
나는 죽이는 능력은 있어도
죽는 힘은 없으므로.

이별 후에

| 골드 스미드 |

사랑스런 여인이 남자에게 몸을 맡기고
그가 배신했음을 뒤늦게 알았을 때
무슨 주문으로 그녀의 우울함을 달래주고
무슨 재주로 그의 죄를 씻어줄까.

그의 죄를 가리고
그의 수치를 가릴 단 하나의 재주는,
그에게 뉘우침을 주고
그의 가슴을 아프게 후벼줄 단 하나의 재주는
죽는 것뿐.

나의 기도

| 마더 테레사 |

사랑받고자 하는 욕구에서 나를 구하소서.
칭찬받고자 하는 욕구에서 나를 구하소서.
명예로워지고자 하는 욕구에서 나를 구하소서.
신뢰받고자 하는 욕구에서 나를 구하소서.
인정받고자 하는 욕구에서 나를 구하소서.
인기를 누리고자 하는 욕구에서 나를 구하소서.

굴욕에 대한 두려움에서 나를 구하소서.
멸시에 대한 두려움에서 나를 구하소서.
비난에 대한 두려움에서 나를 구하소서.
중상모략에 대한 두려움에서 나를 구하소서.
잊히는 두려움에서 나를 구하소서.
오해받는 두려움에서 나를 구하소서.
조롱당하는 두려움에서 나를 구하소서.
배신당하는 두려움에서 나를 구하소서.

순수의 노래

| 블레이크 |

모래 앞에서 세계를,
들꽃에서 하늘을 본다.
너의 손바닥에 무한을,
시간에 영원을 잡는다.

밤을 없애려
밤에 태어난 이의 눈으로 보지 않으면
우리는 거짓을 믿게 되리.
영혼이 빛의 둘레에서 잠자는 때에
신은 나타나신다.
밤을 사는 가난한 영혼에는 빛으로.
낮을 사는 영혼에는 사람의 모습으로.

먼 나라

| 다무라 류이지 |

나의 괴로움은
단순한 것이다.
먼 나라에서 온 짐승을 기르듯
별로 연구가 필요한 것은 아니다.

나의 시는
단순한 것이다.
먼 나라에서 온 편지를 읽듯
별로 눈물이 필요한 것은 아니다.

나의 기쁨이나 슬픔은
더욱 단순한 것이다.
먼 나라에서 온 사람을 죽이듯
별로 말이 필요한 것은 아니다.

차라리 침묵하세요
| 밀란 쿤데라 |

사랑에 대해서 나에게 말하지 말아요.
마치 벌레가 나무를 갉아먹듯
난 그대의 말 한 마디 한 마디를 듣고 있어요.
사랑해요, 사랑해요, 사랑해요…….

난 알아요.
당신의 심장이 다른 연인의 곱슬머리로
칭칭 감겨있음을.
그것이 저의 머리카락이라고 둘러대지 말아요.
난 믿지 않아요. 당신의 말은.

그대의 말은 항상
갈대숲과도 같아요.
당신은 모자를 눌러쓰고
코트에 얼굴을 파묻은 채
서둘러 그 뒤로 숨어 버리곤 하지요.
하지만 난 당신을 보고 있어요.
그 말 뒤에 숨어 있는
당신을 보고 있어요.

난 알고 있어요, 그 문을.
문 위에 새겨진 그 이름을
당신의 온몸을 떨리게 만드는
그 열정의 온도를 난 느낄 수 있어요.

난 보고 있어요.
두리번거리는 당신의 두 눈을.
부끄러움에 가득 찬 겁먹은 두 눈을.

처음에 그대는 벙어리였지요.
마치 한 마리 작은 아기 곰처럼
사랑에 대해선 말하지 않았지요.
그대는 사랑 그 자체였으니까요

아, 나의 연인
내 사랑
제발 이젠 침묵하세요.

인생예찬

| 롱펠로우 |

슬픈 사연으로 내게 말하지 말라.
인생은 한갓 헛된 꿈에 불과하다고.

잠자는 영혼은 죽은 것이니
만물의 외양의 모습 그대로가 아니다.

인생은 진실이다
인생은 진지하다.
무덤이 그 종말이 될 수는 없다.

'너는 흙이니 흙으로 돌아가라'
이 말은 영혼에 대해 한 말은 아니다.

우리가 가야할 곳, 또한 가는 길은
향락도 아니요, 슬픔도 아니다.
저마다 내일이 오늘보다 낫도록
행동하는 그것이 목적이요, 길이다.

예술은 길고 세월은 빨리 간다.
우리의 심장은 튼튼하고 용감하나
싸맨 북소리처럼 둔탁하게
무덤 향한 장송곡을 치고 있으니.

이 세상 넓고 넓은 싸움터에서
발 없이 쫓기는 짐승처럼 되지 말고
싸움에 이기는 영웅이 되라.

여자 친구에게 보내는 엽서

| 하인리히 하이네 |

오늘은 서늘한 바람이 불며
틈새마다 흐느낍니다.
조금 전만 해도 꿀이 있던
초원은 서리에 흠뻑 젖었습니다.

창가에 마른 잎 하나가 스쳐갑니다.
나는 눈을 감고
안개에 싸인 먼 도시를 거니는
당신의 모습을 떠올립니다.
나의 사랑이여.

첫사랑

| 괴테 |

아, 누가 그 아름다운 날을 가져다 줄 것이냐,
첫사랑의 날을.

아, 누가 그 아름다운 때를 돌려 줄 것이냐,
사랑스러운 때를.

쓸쓸히 나는 이 상처를 기르고 있다.
끊임없이 새로워지는 한탄과 더불어
잃어버린 행복을 슬퍼한다.

아, 누가 그 아름다운 날을 가져다줄까,
그 즐거웠던 때를.

선술집

| 빈센트 밀레이 |

높은 언덕 꼭대기 밑에서
나는 선술집을 하겠다.
거기서 회색 눈을 가진 모든
사람들이 앉아서 쉴 수 있도록.

거기엔 먹을 것들이 충분히 있고
마실 것들이 있어, 어쩌다 그 언덕으로
올라오는 모든 회색 눈의 사람들에게
추위를 녹여 주리라.

거기서 나그네는 푹 잠들어
그의 여행의 끝을 꿈꿀 것이고,
그러나 나는 한밤중에 일어나
사그라지는 불을 손보리라.

발자국들

| 폴 발레리 |

그대 발자국들이
성스럽게, 천천히
내 조용한 침실을 향하여
다가오고 있네.

순수한 사랑이여,
신성한 그림자여,
숨죽이듯 그대 발걸음 소리는 정말 감미롭구나.
신이여!
분간할 수 있는 나의 모든 재능은
맨발인 채로 나에게 다가온다오.

내밀어진 너의 입술로
일상의 내 상념을 진정시키려
타오르는 입맞춤을 미리 준비한다 하여도.

있음과 없음의 부드러움
그 애정의 행위를 서둘지 마오.
나 기다림으로 살아왔으며
내 마음은 그대 발자국일 뿐이오.

태만의 죄

| **마가렛 생스터** |

태만의 죄,
당신이 하지 않은 일들에 대한 죄.
해가 질 무렵에 당신의 마음을
아프게 하는 것은 바로 그것.

부드러운 말을 잊었다면
편지를 보내지 않았다면
보내야 할 꽃을 보내지 않았다면
잠자리에 든 당신은 괴로울 것이다.

형제의 길 앞에 놓인 돌을 치우지 않았다면
신중히 충고해야 할 때.
쓸데없을 잔소리만 늘어놓았다면
당신이 애정을 보여야 할 때.

시간이 없다는 핑계를 대면서
당신의 걱정만 생각했다면 그것이 문제다.

작은 친절의 가치, 그것은 소홀히 대하기가 쉽다.
도울 수 있는 기회를 그것도 소홀히 대하기 쉽다.

태만의 죄.
해가 질 무렵에 당신의 마음을
아프게 하는 것은 바로 그것.

사랑을 물으신다면

| 콘라드 P. 에이킨 |

머리 위로 파란 가을 하늘이 드리우고
낙엽들 하나둘씩 떨어질 때 말해주세요.
우리가 왜 사랑에 빠지는지,
사랑이 무엇을 줄 수 있는지,
다시 말해주세요.

우리 둘 사이로 떨어지는 낙엽.
나지막이 울려 퍼지는 종소리.
스쳐 지나는 그림자, 희미한 가을 햇살.
이 모든 것이 사랑이에요.

내가 키스를 하려고 몸을 기울일 때
그대가 딴 생각을 하고 있음을
내가 눈치 챘을 때
나는 그대를 미워할 수 있어요.
이런 것이 바로 사랑이지요.

서로를 응시하는 눈동자나
마주 닿는 입술보다도
돌과 만나는 돌이
더 수많은 사랑을 알고 있지요.
우리가 아는 사랑이란 모두
쓰디쓴 것뿐이지요.
그래도 사랑의 기쁨에 비하면
정말 아무것도 아니에요.

그대가 늙거든

| 예이츠 |

그대 늙어서 머리 희어지고
잠이 많아져 난로 옆에서 졸게 되거든
이 책을 꺼내서 천천히 읽으라.
그리고 한때 그대의 눈이 지녔던
부드러운 눈매와 깊은 그늘을 꿈꾸라.

그대의 기쁨에 찬 우아한 순간들을
얼마나 사랑했으며 그릇된 혹은 참된 사랑으로
그대의 아름다움을 사랑했는지를.
그러나 어떤 이는 그대의 떠도는 방랑벽을 사랑했고
그대 변한 얼굴의 슬픔을 사랑했음을.

그리고 난롯가의 붉게 타는 방책 옆에
몸을 굽히고 조금은 슬프게 중얼거려라.
남몰래 높은 산 걷기를 얼마나 좋아하고
그의 얼굴을 별무리 속에 감췄다라고.

물망초

| 알렌트 |

맑은 물 흐르는 시냇가에
하늘색 물망초가 홀로 피었다.
물결은 밀려와 입맞춤하지만
다시금 사라져 잊어버린다.

고양이와 새

| 자크 프레베르 |

온 마을 사람들이 슬픔에 잠겨
상처 입은 새의 노래를 듣네.
마을에 한 마리뿐인 고양이
고양이가 새를 반이나 먹어 치워 버렸다네.
새는 노래를 그치고,
고양이는 가르랑거리지도,
콧등을 핥지도 않는다네.
마을 사람들은 새에게
훌륭한 장례식을 치러 주고
고양이도 초대받아
지푸라기 작은 관 뒤를 따라가네.
죽은 새가 누워 있는 관을 멘
작은 소녀는 눈물을 그칠 줄 모르네.

고양이가 소녀에게 말했네.
이런 일로 네가 그토록 가슴 아플 줄 알았다면
새를 통째로 다 먹어 치워 버릴 걸.
그런 다음 얘기해 줄 걸.
새가 훨훨 날아가는 걸 봤다고.
세상 끝까지 훨훨 날아가더라고.
너무도 먼 그곳으로
이제 돌아오지 않는다고.
그러면 네 슬픔도 덜어 줄 수 있었을 걸.
그저 섭섭하고 아쉽기만 했을 걸.

생의 계단

| 헤르만 헤세 |

만발한 꽃은 시들고
정순은 늙음에 굴복하듯이
인생의 각 계단도, 지혜도, 덕도 모두
영원히 존재하지는 않는다.

삶이 부르는 소리를 들을 때마다
마음은 용감하게, 그러나 슬퍼하지 말고
새로운 단계에 들어갈 수 있도록
새로운 시작을 준비해야만 한다.

생의 단계의 시초에는
우리를 지켜주고 살아가게 하는 마력이 깃들어 있다.
우리는 이어지는 생의 공간을 명랑하게 지나가야 하나니.

우리가 어떤 생활권에 뿌리를 내리고
마음 편히 살게 되면 무기력해지기 쉽나니,
새로운 출발과 여행을 떠날 준비가 되어 있는 자만이
우리를 게으르게 하는 습관에서 벗어나게 하리라.

사랑하는 사람 가까이

| 괴테 |

희미한 햇빛, 바다에서 비쳐올 때
나 그대 생각하노라.
달빛 휘영청 샘물에 번질 때
나 그대 생각하노라.

길 저 멀리 뽀얀 먼지일 때
나 그대 모습 보노라.
이슥한 밤 오솔길에 나그네 몸 떨 때
나 그대 모습 보노라.

물결 높아 파도 소리 무딜 때
나 그대 소리 듣노라.
자주 고요한 숲속 침묵의 경계를 거닐며
나 귀 기울이노라.

나 그대 곁에 있노라,
멀리 떨어져 있지만
그대 내 가까이 있으니.
해 저물면 별아,
날 위해 곧 반짝여라.
오, 그대 여기 있다면.

배반당한 애인들

| **자크 프레베르** |

나는 램프를 가지고 있었고
너는 빛을 가지고 있었는데
누가 심지를 팔아 버렸는가.

두 가지 두려움

| 캄 포아르 |

그날 그 밤이 다가왔네.
그녀는 나를 피하며 말했지.
"왜 옆으로 다가오시나요?
아, 당신이 정말 두려워요."

그리고 그 밤이 지나갔네.
그녀는 내게 다가오며 말했지.
"왜 나를 피하시나요?
아, 당신이 없으면 정말 두려워요."

산 너머 저쪽

|칼 부세|

산 너머 저쪽 하늘 멀리
모두들 행복이 있다고 말하기에
남을 따라 나 또한 찾아갔건만
눈물지으며 되돌아 왔네.
산 너머 저쪽 하늘 멀리
모두들 행복이 있다고 말하건만.

사랑하는 여인

| 엘뤼아르 |

그녀는 내 눈꺼풀 위에 있고
그녀의 머리칼은 내 머리칼 속에
그녀는 내 손과 같은 형태,
그녀는 내 눈과 같은 빛깔,
하늘 위로 사라진 조약돌처럼
그녀는 내 그림자 속에 잠겨 사라진다.

그녀는 언제나 눈을 뜨고 있어
나를 잠 못 이루게 한다.
그녀의 꿈은 눈부신 빛으로 싸여
태양을 증발시키고,
나를 웃게 하고, 울고 웃게 하고
할 말이 없어도 말하게 한다.

이기주의

| 체 게바라 |

우리가 그토록 바라는 세상이 오더라도
여전히 남아있는 것은 이기주의

그것은 감기 바이러스와 같은 것이어서
늘 새로운 옷으로 갈아입고 전염시킨다.

전염경로인 공기와 물을 없앨 수도 없는 일.
오직 마음을 개조시킬 수밖에 없는 일.

그것의 유일한 방법은 인류 최고의 무기인 사랑이다.
그 사랑은 만능열쇠처럼 어떠한 마음도 열 수 있다.

지금의 나를 사랑해 주세요

| 가나모리 우라코 |

만일 자신을 용서하고
자신을 사랑하지 않으면
당신은 자신의 아름다움만
알지 못하는 것이 아닙니다.

청명한 하늘 반짝이는 별의 감동,
숨 쉬는 것의 경이로움,
바람과 수목의 속삭임,
비오는 날의 포근함 등
당신을 둘러싼 모든 사물의
아름다움도 보지 못합니다.

친구와 부모 형제,
그리고 주위의 모든 사람들의
아름다움도 알지 못한 채
세월을 보낼지 모릅니다.

연인 곁에서

| 괴테 |

태양이 바다의 수면 위를 비추면
나는 너를 생각한다.
희미한 달빛이 우물에 떠 있으면
나는 너를 생각한다.

먼 길 위에 먼지가 일어날 때
나는 너를 본다.
깊은 밤 좁은 오솔길에
방랑객이 비틀거리며 다가올 때
거기서 먹먹한 소리를 내며 파도가 일 때
나는 네 소리를 듣는다.
모든 것이 침묵에 빠질
조용한 숲 속으로 가서 난 이따금 바람이 살랑거리는
소리를 듣는다.

나는 너와 함께 있다 너는 아직도 멀리 있다지만
내게는 무척 가깝구나.
태양이 지고 이어 별빛이 반짝인다.
아, 거기 네가 있다면.

미아, 내 사랑

| 루벤 다리오 |

미아,
네 이름 아름답다.
미아 태양빛
미아 장미와 불꽃

내 영혼 위에
향기를 보낸다.
넌 날 사랑한다.
오, 미아!

미아, 그대는
여자인 너와
남자인 나를 녹여서
두 개의 동상을 만드네.

외로운 너 외로운 나
목숨이 남아 있는 한
사랑하리.
오, 미아!

금빛은 오래 머물 수 없는 것

| **프로스트** |

자연의 첫 푸름은 금빛.
오래 미물기 가장 어려운 색이지요.
자연의 첫 잎은 꽃.
하지만 한 시간을 머물지 못하지요.
잎은 곧 잎으로 주저앉기에.
낙원은 슬픔으로 젖어들고
새벽은 낮으로 빛바래는 것,
금빛은 오래 머물 수 없는 것이지요.

당신이 바라는 것
| 삽포 |

당신이 바라고 있는 것이
도리에 맞아서 귀한 것이라면
또는
그르지 않은 것이라면
어이해 부끄러워하는가.
분명한 말투로 어서 말하라.

타는 가슴 하나 달랠 수 있다면

| 디킨슨 |

애 타는 가슴 하나 달랠 수 있다면
내 삶은 결코 헛되지 않으리.

한 생명의 아픔 덜어줄 수 있거나
괴로움 하나 달래 줄 수 있다면.
헐떡이는 작은 새 한 마리 도와
둥지에 다시 넣어줄 수 있다면
내 삶은 결코 헛되지 않으리.

사랑, 모든 감각 속에서 지켜지는

| **토머스 아켐피스** |

사랑,
그 존재 하나만으로도 세상의 모든 짐을 가볍게 해주는
최상의 선

내 사랑을 지켜보네, 잠들 때까지
나 피곤하여도 지치지 않으며
불편할지언정 강요받진 않네.

사랑,
그것은 질실하고 부드럽고 강하며
충실하고 신중하고 오래 참으며 용감하네.

사랑은 용의주도하며 겸허하고
올바르며 지치지 않고
변덕스럽지 않고 헛되지 않으며
침착하고 순결하고 확고하고 조용하며
모든 감각 속에서 지켜진다네.

비 오는 날

| 롱펠로우 |

날은 춥고 어둡고 쓸쓸도 하다.
비 내리고 바람은 쉬지도 않고
넝쿨은 아직 무너져 가는 벽에
떨어지지 않으려고 붙어 있건만
모진 바람 불 때마다 죽은 잎새 떨어지며
날은 어둡고 쓸쓸도 하다.

내 인생 춥고 어둡고 쓸쓸도 하다.
비 내리고 바람은 쉬지도 않는구나.
나는 아직 무너지는 옛날을
놓지 아니하려고 부둥키건만
질풍 속에서 청춘의 희망은 우수수 떨어지고
나날은 어둡고 쓸쓸도 하다.

조용하거라, 슬픈 마음들이여!
한탄일랑 말지어다.
구름 뒤에 태양은 아직 비치고
그대 운명은 뭇 사람의 운명이러니.
누구에게나 반드시 얼마간의 비는 내리고
어둡고 쓸쓸한 날 있는 법이니.

삶이 그대를 속일지라도

| 푸쉬킨 |

삶이 그대를 속일지라도
슬퍼하거나 노여워하지 말라.
마음 아픈 날엔 가만히 누워 견디라,
즐거운 날이 찾아오리니.

마음은 미래를 산다.
지나치는 슬픔엔 끝이 있게 마련
모든 것은 순식간에 날아간다.
그러면 내일은 기쁨이 돌아오느니.

마음의 교환
| 사무엘 콜리지 |

나는 내 사랑과 마음을 교환하였다.
내 품에 그녀를 품었으나
왜 그런지 나는
포플러 나뭇잎처럼 와들와들 떨었다.
그녀는 아버지의 승낙을 받으라고 했다.
그녀의 아버지를 만나며 나는 갈대처럼 떨었다.
의젓하게 행동하려 했으나 그러지 못했다.
우리는 이미 마음을 나눈 사이인데도.

살아남아 고뇌하는 이를 위하여 1

| 칼릴 지브란 |

술이야 언젠들 못 마시겠나.
취하지 않았다고 못 견딜 것도 없는데
술로 무너지려는 건 무슨 까닭인가.
미소 뒤에 감추어진 조소를 보았나.
가난할 수밖에 없는 분노 때문인가.
그러나 설혹 그대가 아무리 부유해져도
하루에 세 번의 식사만 허용될 뿐이네.
술인들 안 그런가.
가난한 시인과 마시든, 부자이든 야누스 같은
정치인이든 취하긴 마찬가지인데
살아남은 사람들은 술에조차 계급을 만들지.

세상살이 누구에게 탓하지 말게
바람처럼 허허롭게 가거나.
그대가 삶의 깊이를 말하려 하면,
누가 인생을 아는 척하려 하면 나는 그저 웃는다네.
사람들은 누구나 비슷한 방법으로 살아가고
살아남은 사람들의 죄나 선행은 물론
밤마다 바꾸어 꾸는 꿈조차 누구나 비슷하다는 걸
바람도 이미 잘 알고 있다네.

살아남아 고뇌하는 이를 위하여 2
| 칼릴 지브란 |

때때로 임종을 연습해 두게. 언제든 떠날 수 있어야 해.
돌아오지 않을 길을 떠나고 나면
슬픈 기색으로 보이던 이웃도 이내 평온을 찾는다네.
떠나고 나면 그뿐. 그림자만 남는 빈자리엔
타다 남은 불티들이 내리고 그대가 남긴 작은 공간마저도
누군가가 채워 줄 것이네.
먼지 속에 흩날릴 몇 장의 사진, 읽혀지지 않던 몇 줄의 시가
누군가의 가슴에 살아남은들 떠난 자에게 무슨 의미가 있나.

그대 무엇을 잡고 연연하는가.
무엇 때문에 서러워하는가.
그저 하늘이나 보게.

고상한 인품
| 사무엘 존스 |

사람을 더욱 훌륭하게 해주는 것은
나무처럼 크기가 자라는 것은 아니다.
또한 말라버려 낙엽지고 시들어
마침내 통나무로 쓰러지는 참나무처럼
삼백 년 동안 버티고 서 있는 것도 아니다.
하루살이 생명인 백합화조차
비록 그날 밤에 시들어 죽기는 해도
오월이면 그들보다 훨씬 아름답다.
그것은 빛의 풀이며 꽃이어라.
우리는 참다운 아름다움을 보고
짧은 기간에도 인생은 완전해질 수 있다.

여자의 마음

| 예이츠 |

기도와 평화로 가득 찬
방 따위가 내게 무슨 소용 있습니까.
그날 나더러 어둠 속으로 나오라 하시기에
나의 가슴 그대의 가슴 위에 있습니다.

어머니의 걱정이나
아늑하고 따뜻한 집 따위
내게 무슨 소용 있습니까.

꽃같이 까만 나의 머릿단
폭풍으로부터 우리를 가리워 줄 것입니다.

우리를 에워싸 주는 머릿단과 이슬을 머금은 눈이여,
나에겐 이미 삶도 죽음도 없습니다.
나의 가슴은 그대의 따뜻한 가슴 위에 있고
나의 숨결은 그대의 숨결에 얽혀 있으니.

꿈을 잊지 마세요

| 울바시 쿠마리 싱 |

어둡고 구름이 낀 것 같던 날은 잊어버리고
태양이 환하게 빛나던 날을 기억하세요.
실패했던 날은 잊어버리고
승리했던 날을 기억하세요.

지금 번복할 수 없는 실수는 잊어버리고
그것을 통해 교훈을 기억하세요.
어쩌다 마주친 불행은 잊어버리고
우연히 찾아온 행운을 기억하세요.

외로웠던 날은 잊어버리고
친절한 미소를 기억하세요.
이루지 못한 목표는 잊어버리고
항상 꿈을 지녀야 한다는
사실을 기억하세요.

의심하지 말아요

| N. 다니엘 |

그대를 생각할 때면
사랑하는 마음이 다시 솟구쳐요.
아마 그대는 상상도 못할 거예요.
내가 얼마나 당신을 그리워하는 지를
지금 이 순간 내가 가장 원하는 것은
당신의 손을 잡고 말하는 거예요.
당신을 얼마나 사랑하는지
나의 삶에서 당신을 얼마나 원하는지를요.

부탁이에요.
당신에 대한 나의 사랑을
의심하지 말아요.
나의 사랑은 지금도
우리가 처음 만나 사랑을 나누기 시작하던
그날처럼 진실하니까요.

거두어들이지 않은 것

| 프로스트 |

담장 너머로 뭔가 익은 냄새 물씬 풍겨 와
늘 다니던 길 버리고
발길 더디게 하는 게 무언지 찾아 갔더니
사과나무 한 그루 거기 서 있었다.
잎새 몇 개만 걸친 채 사과나무는
여름의 무거운 짐 다 벗어버리고
여인의 부채처럼 가볍게 숨 쉬고 있었다.
더할 수 없는 사과 풍년이 들어
땅은 온통 떨어진 사과들로
빨간 원을 이루고 있었다.

뭔가 모두 거두어들이지 않고 남겨두는 것도 좋겠다.
정해진 계획 밖에도 많은 것이 남아 있다면,
사과든 뭐든 잊혀 남겨진 게 있다면,
그래서 그 향기 마시는 게 죄 되지 않는다면.

내게 있는 것을 잘 사용하게 하소서
| 윌리엄 버클레이 |

신이여,
나로 하여금 나의 생명을
당신께서 내게 원하시는 대로
사용하게 도와주소서.

나의 능력을
다른 사람을 위해 쓰게 하심으로
남을 행복하게 하고 세상을
유익케 하옵소서.

내가 가진 물질로
자신을 위한 이기적인 목적이 아니라
남을 돕는 일에 후히 쓰게 하옵소서.

나의 시간을 선한 일에만
지혜롭게 사용하도록 도와주옵소서.
이기적이거나 육적인 쾌락을 위해 쓰지 않고
남을 위해서 사용케 하옵소서.

나로 하여금 새로운 것을 깨닫고
자신을 발전시키는 일을 위해 노력하게 하시며
배우는 것을 게을리 하지 않게 하시고
세상의 무익하고 썩어질 것들에
결코 마음을 두지 않게 하옵소서.

오늘

| 칼라일 |

여기에 또 다른
희망찬 새 날이 밝아온다.
그대는 이 날을
헛되이 흘려보내려 하는가?

우리는 시간을 느끼지만
누구도 그 실체를 본 사람은 없다.
시간은 우리가 자칫
딴 짓을 하는 동안
순식간에 저만치 도망쳐 버린다.

오늘 또 다른
새날이 밝아왔다.

설마 그대는 이 날을
헛되이 흘려보내려 하는 것은 아니겠지?

성냥개비 사랑

| 자크 프레베르 |

고요한 어둠이 깔리는 시간
성냥개비 세 개에
하나씩 하나씩
불을 붙인다.

첫째 개피는 너의 얼굴을 보려고
둘째 개피는 너의 두 눈을 보려고
마지막 개피는 너의 입을 보려고

그리고 송두리째 어둠은
너를 내 품에 안고 그 모두를 기억하려고.

그리움은 나의 숙명

| 에릭 칼펠트 |

그리움은 나의 숙명.
나는 그리움의 계곡 한복판에 홀로 서 있는 외로운 성.
기묘한 현악기의 울림이
부드러이 그 성을 에워싸고 있다.

말해다오.
어두운 성 깊숙한 곳에서 탄식하는 파도여,
너는 어디서 온 것인지.
너 역시 나처럼 꿈꾸는 나날을 노래하고
잠들지 못하는 밤을 노래하는가.

비밀의 현으로부터 울리는
한숨과도 같은 그 영혼은 누구인가.
짙은 벌꿀의 향기처럼 황홀한
황금빛 들판으로 향하는가.

작렬하던 태양도 스러져
세월이 나를 지치게 하여도
장미는 여전히 향기를 내뿜고
추억은 속삭이듯이 가슴속에 새겨진다.

너의 노래를 들려다오, 비밀의 현이여.
꿈꾸는 성에 너와 함께 머물고 싶다.

그리움은 나의 숙명.
나는 그리움의 계곡에 홀로 서 있는
외로운 성.

장미 잎사귀

|**삽포**|

장미 잎사귀 노랗게 시들어
분수문에 파르르 떨어질 때
고요히 들리는 갈피리 소리
서글픈 마을을 더하여 준다.

자갈소리 내 귀에 들리기를
안타까이 안타까이 기다리는
설레는 마음이여!
그건 내 님의 발자취 아닌가.

그대가 있기에

| 피터 맥윌리엄스 |

그대가 있기에
나는 감격했고,
그대가 먼저 행동을 취했기에
나는 놀랐고,
그대가 먼저 나에게로 다가왔기에
나는 아찔했고,
그대가 내 곁에 있기에
나는 행복하고.

함께 있으면
우리는 하나

따로 있으면
우리는 저마다
완전한 존재.

이것이 우리의 꿈이게 하고
이것이 우리의 목표가 되게 하라.

행복한 혁명가

| 체 게바라 |

쿠바를 떠날 때,
누군가 나에게 이렇게 말했다.

당신은 씨를 뿌리고도
열매를 따먹을 줄 모르는
바보 같은 혁명가라고.

나는 웃으며 그에게 말했다.

그 열매는 이미 내 것이 아닐뿐더러
난 아직 씨를 뿌려야 할 곳이 많다고.
그래서 나는 행복한 혁명가라고.

당신을 사랑했습니다
| 푸쉬킨 |

당신을 사랑했습니다.
그 사랑은 아직도
내 마음속에서 불타고 있습니다.

하지만 내 사랑으로 인해
더 이상 당신을 괴롭히지는 않겠습니다.
슬퍼하는 당신의 모습을
절대 보고 싶지 않으니까요.

말없이,
그리고 희망도 없이
당신을 사랑했습니다.

때론 두려워서,
때론 질투심에 괴로워하며
오로지 당신을 깊이 사랑했습니다.

부디 다른 사람도
나처럼 당신을 사랑하길 기도하겠습니다.

사랑이라는 달콤하고 위험천만한 얼굴

| 자크 프레베르 |

사랑이라는 달콤하고
위험천만한 얼굴이 무척이나
오랜 세월이 흐른 후

어느 날 저녁 내게 나타났지.
그것은 활은 가진 궁사였을까?
혹은 하프를 안은 악사였을까?

난 더 이상 모르네.
아무 것도 모른다네.
내가 알고 있는 거라곤
그이가 내 맘에 상처를 입혔다는 것뿐.

화살이었을까?
노래였을까?
내가 알고 있는 거라곤
그가 내 가슴에 상처를 심었다는 것뿐.
영원히 뜨겁게 타오르는
너무도 뜨겁게 불타오르는
사랑의 상처.

말은 죽은 것이라고

| 디킨슨 |

말을 하면 그 순간
말은 죽은 것이라고
어떤 이들은 말한다.

나는 말들이 막
살아나기 시작한다고 말한다.
말을 한 그 날부터.

삼월의 노래

| 워즈워드 |

닭이 운다.
시냇물은 흐르고
새떼 재잘대며
호수는 반짝이는데
푸른 초원은 햇볕 속에 잠들었다.

늙은이도 어린이도
젊은이와 함께 일할
풀 뜯는 가축들은
모두 고개도 들지 않구나.
마흔 마리가 마치 한 마리인 양.

패배한 군사처럼
저기 저 헐벗은 산마루에
병들어 누웠는데
이랴이랴, 밭 가는 아이 목청 힘차구나.

산에는 기쁨.
샘에는 생명.
조각구름 두둥실 떠 흐르는
저 하늘은 푸르름만 더해 가니
비 개인 이 날이 기쁘기만 하네.

하늘의 융단

| 예이츠 |

금빛 은빛 무늬 든
하늘의 수놓은 융단이
밤과 낮 어스름의
푸르고 침침한 검은 융단이 내게 있다면
그대의 발밑에 깔아 드리련만

나 가난하여 오직 꿈만을 가졌기에
그대 발밑에 내 꿈을 깔았으니
사뿐히 밟으소서,
내 꿈 밟고 가시는 이여.

지하철 정거장에서

| 에즈라 파운드 |

군중 속에서 유령처럼 나타나는 이 얼굴들,
까맣게 젖은 나뭇가지 위의 꽃잎들.

사랑의 종말

| 로제티 |

죽음만큼 강했던 사랑이 죽어버렸다.
시드는 꽃 속에
사랑이 누울 자리를 만들자.
머리맡에는 푸른 잔디밭
발 옆에는 돌 하나 놓아
고요한 저녁나절
그곳에 우리 앉도록 하자.
사랑은 봄에 태어나
가을이 되기 전에 죽어버렸다.
마지막 뜨거웠던 여름날
사랑은 떠나갔다.
차가운 잿빛 가을 황혼에
사랑은 머무르려 하지 않았다.
우리 사랑의 무덤가에 앉아
가버린 사랑을 노래하자.

평화의 기도

| 성 프란체스코 |

나를 당신의 평화의 도구로 써주소서.
미움이 있는 곳에 사랑을
다툼이 있는 곳에 용서를
분열이 있는 곳에 일치를
의혹이 있는 곳에 믿음을
오류가 있는 곳에 진리를
절망이 있는 곳에 희망을
어둠이 있는 곳에 빛을
슬픔이 있는 곳에
기쁨을 가져오는 자 되게 하소서.

위로받기보다는 위로하고
이해받기보다는 이해하며
사랑받기보다는 사랑하게 하여주소서.
우리는 줌으로써 받고
용서함으로써 용서받으며
자기를 버리고 죽음으로써
영생을 얻게 됨을 깨닫게 하소서.

짐승

| 휘트먼 |

나는 짐승들과 함께 살았으면 좋겠다.
그들은 냉온하고 스스로 만족할 줄 안다.
그들은 땀 흘려 손에 넣으려고 하지 않으며
자신들의 환경을 불평하지 않는다.
그들은 밤늦도록 잠 못 이루지도 않고
죄를 용서해 달라고 빌지도 않는다.
그들은 불만도 없고, 소유욕에 눈이 멀지도 않았다.
다른 자에게 무릎 꿇지도 않으며
잘난 체하거나 불행해 하지도 않는다.

유월이 오면

| 브리지즈 |

유월이 오면 나는,
온종일 향긋한 건초더미 속에
내 사랑과 함께 앉아
산들바람 부는 하늘에
흰 구름 얹어놓은
눈부신 궁전을 바라보련다.

그녀는 노래를 부르고
나는 노래를 지어주고
아름다운 시를 온종일 부르리다.
남몰래 내 사랑과 건초더미 속에 누워 있을 때
인생은 즐거우리라.

그녀는 유령이었네

| 워즈워드 |

내 눈길에 처음 반짝하고 띄었을 때
그 여인은 환희의 유령이었네.
한순간의 장식을 위해 불쑥 튀어나온
사랑스런 유령.

사려 깊은 자세로 살아가는 여인.
삶과 죽음 사이로 걸어가는 여행자.
흔들림 없는 이성과 조화로운 의지.
통찰력과 재능을 지닌 여인.
고귀한 품성과 신의 계시를 따라 태어난
완전한 여인.
경고하고, 위로하며, 지배하는 여인.
그러면서도 어딘지 모르게 천사 같은 빛으로
찬란한 빛을 발하는 유령이었네.

도움말

| 휴스 |

내 말을 잘 듣게, 여보게들.
태어난다는 것은 괴로운 일.
죽는다는 것은 비참한 일이지.
그러니 꽉 붙잡아야 하네.
사랑한다는 일을 말일세.
태어남과 죽음의 사이에 있는 시간 동안.

화살과 노래
| 롱펠로우 |

하늘 우러러 나는 활을 당겼다.
화살은 땅에 떨어졌었지. 그 어딘지는 몰라도
그렇게도 빨리 날아가는 그 화살을
그 누가 볼 수 있으랴.

하늘 우러러 나는 노래를 불렀다.
노래는 땅에 떨어졌었지. 그 어딘지는 몰라도
눈길이 제아무리 예리하고 강하다 한들
날아가는 노래를 그 누가 볼 수 있으랴.

오랜 세월이 흐른 후 한 느티나무에
나는 보았다. 아직 꺾이지 않은 채 박혀 있는
화살을, 노래도 처음부터 끝까지
한 친구의 가슴 속에 살아있는 것을 나는 들었다.

사람에게 묻는다

| 휴틴 |

땅에게 묻는다.
땅은 땅과 어떻게 사는가?
땅이 대답한다.
우리는 서로 존경하지.

물에게 묻는다.
물과 물은 어떻게 사는가?
물이 대답한다.
우리는 서로 채워 주지.

사람에게 묻는다.
사람은 사람과 어떻게 사는가?
사람은 사람과 어떻게 사는가?
스스로 한번 대답해 보라.

새끼손가락

| 밀란 쿤데라 |

새끼손가락은 조그맣지.
학교에신 맨 앞줄에 앉으며
아무것도 못하는 아이처럼
보잘 것 없지.

그런데 이상도 하지.
세상과 화해하기 위해서는
그 새끼손가락을
특사로 보내야 하니 말이야.

진정한 여행

| 나짐 히크메트 |

가장 훌륭한 시는 아직 쓰이지 않았다.
가장 아름다운 노래는 아직 불리지 않았다.
최고의 날들은 아직 살지 않은 날들.
가장 넓은 바다는 아직 항해되지 않았고,
가장 먼 여행은 아직 끝나지 않았다.
불멸의 춤은 아직 추어지지 않았으며,
가장 빛나는 별은 아직 발견되지 않은 별.
무엇을 해야 할지 더 이상 알 수 없을 때
그때 비로소 진정한 무엇인가를 할 수 있다.
어느 길로 가야 할지 더 이상 알 수 없을 때
그때가 비로소 진정한 여행의 시작이다.

꿈속의 여인

| 럼티미자 |

하롱베이에 비가 내리네.
한 차례 폭풍이 진한 커피를 저어내고
하롱베이는 아직 만나지 못한 연인들처럼
기다림에 지친 마음을 흔들어놓네.

이제는 다시 만날 수가 없네.
괴롭게도 내가 돌아서야 한다면
오, 아름다웠던 꿈이여!
계속 멀어져만 가는 그대 뒷모습
흔들리네, 하롱베이처럼.

그대의 모습 상상 속에 두기로 했네.
그대 얼굴에 고요히 떨어지는 나뭇잎처럼
그 아름다운 얼굴에 고개를 돌리고 마네.
나도 몰래 또다시 찾아 헤매는 그대의 얼굴.

94

이별

| 랜더 |

다툴 필요가 없기에 싸움 없이 살았다.
자연을 사랑했고, 또 예술을 사랑했다.
두 손을 생명의 불앞에 쪼이었으나
불은 꺼져가고 이제 미련 없이 나 떠나련다.

세상사

|장 콕토|

자네 이름을 나무에 새겨놓게나.
하늘까지 우뚝 치솟을 나무줄기에 새겨놓게나.
나무는 대리석보다 한결 낫지.
새겨놓은 자네 이름도 자랄 것이니.

사막

| 오르텅스 블루 |

사막에서 그는
너무도 외로워
때로는 뒷걸음질로 걸었다.
자기 앞에 찍힌 발자국을 보려고.

작은 것

| 카니 |

작은 물방울
작은 모래알
그것이 크나큰 바다가 되고
아름다운 나라가 된다.

작은 '때'의 움직임
비록 하찮을지라도
그것은 마침내 영원이라고 하는
위대한 시대가 된다.

조그만 친절
조그만 사랑의 말
그것이 지상을 에덴이 되게 하고
천국과 같게 만든다.

산비둘기

| 장 콕토 |

두 마리의 산비둘기가
상냥한 마음으로
사랑하였습니다.

그 나머지는
차마
말씀드릴 수가 없습니다.

나는 슬픔의 강은 건널 수 있어요

| **디킨슨** |

나는 슬픔의 강은 건널 수 있어요.
가슴까지 차올라도
익숙하거든요.
하지만 기쁨이 살짝만 날 건드리면
발이 휘청거려 그만
넘어집니다, 취해서.
조약돌도 웃겠지만
맛 본 적 없는 새 술이니까요.
그래서 그런 것뿐입니다.

힘이란 오히려 아픔,
닻을 매달기까지
훈련 속에 좌초되는 것.
거인에게 향유를 주어보세요,
인간처럼 연약해질 테니.
히말라야 산을 주어보세요.
그 산을 번쩍 안고 갈 것입니다.

반짝이는 별이여

| 존 키츠 |

반짝이는 별이여, 내가 너처럼 변함없었으면.
외로이 홀로 떨어져 밤하늘에 빛나며

계속 정진하며 잠자지 않는 자연의 수도자
그와 같이 영원히 눈뜨고 지켜보면서

인간이 사는 해안 기슭을 깨끗이 씻어 주고
출렁이는 바닷물을 지켜보며

넓은 들과 산봉우리에 내려 덮인
첫 눈의 깨끗함을 응시하리라.

수선화

| 워즈워드 |

골짜기와 산 위에 높이 떠도는
구름처럼 외로이 헤매 다니다
나는 문득 떼 지어 활짝 퍼 있는
황금빛 수선화를 보았나니.

호숫가 줄지어 선 나무 아래서
미풍에 한들한들 춤을 추누나.

은하에서 반짝이며 깜빡거리는
별들처럼 총총히 연달아 서서
수선화는 샛강 기슭 가장자리에
끝없이 줄지어 서 있었나니.

흥겨워 춤추는 꽃송이들은
천 송인지 만 송인지 끝이 없구나.

그 옆에서 물살도 춤을 추지만
수선화의 흥보다야 나을 것이랴.

이토록 즐거운 무리에 어울릴 때
시인의 유쾌함은 더해지나니.

나는 그저 바라보고 또 바라볼 뿐
내가 정말 얻은 것을 알지 못했다.

하염없이 있거나, 시름에 잠겨
나 홀로 자리에 누워 있을 때
내 마음에 그 모습 떠오르나니.
이는 바로 고독의 축복 아니랴.

그럴 때면 내 마음은 기쁨에 넘쳐
수선화와 더불어 춤을 추노라.

사랑

| 헤르만 헤세 |

키스로 나를 축복해 주는 너의 입술을
즐거운 나의 입이 다시 만나고 싶어 한다.
고운 너의 손가락을 어루만지며
나의 손가락에 깍지 끼고 싶다.

내 눈의 목마름을 네 눈에 적시고
내 머리를 깊숙이 네 머리에 묻고
언제나 눈떠 있는 젊은 육체로
네 몸의 움직임에 충실히 따라
늘 새로운 사랑의 불꽃으로 천 번이나
너의 아름다움을 새롭게 하고 싶다.

우리의 마음이 온전히 가라앉고 감사하게
모든 괴로움을 이기고 복되게 살 때까지.
낮과 밤에 오늘과 내일에 담담히
다정한 누이로서 인사할 때까지.
모든 행위를 넘어서서 빛에 싸인 사람으로
조용히 평화 속을 거닐 때까지.

시인의 죽음

|장 콕토|

나는 죽소, 프랑스여.
내가 말할 수 있게 가까이 와요.
난 그대 때문에 죽는다오. 그대 날 욕했고
우스꽝스럽게 만들었고 속였고 망하게 했지.

이젠 상관없는 일이오. 프랑스여,
나 이제 그대에게 입 맞추어야겠소.
마지막 이별의 입맞춤을. 외설스런 세느강에,
보기 싫은 포도밭에, 너그러운 섬들에,
부패한 파리에 마지막 입맞춤을 보내야겠소.
좀 더 가까이, 더 가까이, 나 좀 보게 해주오.

아, 이젠 나 그댈 붙잡았소.
소리 질러도 소용없지.
죽는 자의 손가락을 펼 수는 없는 것.
황홀히 나 그대 목을 조르오.
이제 난 외롭게 죽지 않으리니.

소녀의 자화상

| 대상 |

나는 정말로 어여쁜가요?

이마는 환하고 얼굴은 곱고
입술은 연분홍빛이라고
스스로 그렇게 생각하는데
내가 정말 어여쁜지 말해 주세요.

내 눈은 에메랄드, 가느다란 눈썹.
금발의 머리카락, 오똑 선 콧날.
희디흰 목덜미, 토실토실한 턱.
나는 정말로 어여쁜가요?

내 소중한 친구여
| 하인리히 하이네 |

내 소중한 친구여, 너 사랑에 빠졌구나.
새로운 고통에 시달리고 있구나.

네 머릿속은 갈수록 어두워지고
네 가슴속은 갈수록 환해지겠지.

내 소중한 친구여, 너 사랑에 빠졌구나.
네가 그것을 설사 고백하지 않아도
심장의 불길이 벌써 네 조끼 사이로
훨훨 타오르는 것이 보이는구나.

사랑의 세레나데
| A. M 드라나스 |

당신의 푸른 창으로
나에게 장미 한 송이를 던져주오.
내 가슴속은 빛으로 가득 차서
여기 계절처럼 그대 창가를 찾아왔소.
내 눈 속에는 구름, 헝클어진 내 머리카락.

당신은 한 잎 한 잎 피어난 장미 꽃송이
나의 사랑으로 그대에게 봄을 가져왔소.

먼지 덮인 먼 길을 가로질러
당신에게 노래를 가져왔소.
투명한 물방울들로 떨리는 진실
꽃망울 아래 접혀진 모든 비밀
가지마다 뿜어 나오는 그대를 위한 향기
당신을 위한 재스민, 카네이션, 백합…….

당신의 입술에서 새소리가 흘러나오고
마음의 눈동자엔 피어나는 수선화
떨어진 입맞춤, 두 뺨에서
아카시아 꽃으로 전율하는 새벽.

당신의 창으로 장미 한 송이 건네지는 날
내 가슴속은 불빛으로 가득 차오고
지나가는 계절처럼 당신의 창을 스쳐 지나가고 있소.
내 눈 속에는 구름, 헝클어진 내 머리카락.

겨울 날

| 하인리히 하이네 |

눈 속에서 오늘 사라져 가는
아, 아름다운 빛.
먼 하늘이 곱게 장밋빛으로 타오른다.
쉼 없이 나의 노래가 말을 건네는
그대 먼 곳의 신부의 모습이여.
아, 그대의 다정한 우정이 날 위해 빛난다.
하지만 사랑은 아니다.

그대 눈 속에
| 다우첸다이 |

그대 눈 속에
나를 쉬게 해 주세요.
그대 눈은 세상에서
가장 고요한 곳.

그대 검은 눈동자 속에
살고 싶어요.
그대의 눈동자는
아늑한 밤과 같은 평온.

지상의 어두운 지평선을 떠나
단지 한 발자국이면
하늘로 올라갈 수 있나니.

아, 그대의 눈 속에서
내 인생은 끝이 날 것을.

네 부드러운 손으로

| 라게르크비스트 |

네 부드러운 손으로
내 눈을 감게 히면
태양이 빛나는 나라에 있는 것처럼
내 주위는 환하게 밝아진다.

나를 어스름 속으로 빠뜨리려 해도
모든 것이 밝아질 뿐이다.
너는 내게 빛, 오직 빛밖에
달리 더 줄 수 있는 것이 없다네.

백설

| **기욤 아폴리네르** |

하늘엔 천사와 또 천사가 있다.
어떤 천사는 장교복을 입고
어떤 천사는 요리사 차림을 하고
또 다른 천사는 노래를 한다.

하늘빛 제복 입은 장교님,
성탄절 지나 따스한 봄이 오면
당신은 빛나는 태양의 훈장을 달게 되겠지요.

아, 눈이 내린다.
내려라, 눈아.
사랑하는 이가 어찌하여
내 품 안에서 멀어졌는지
비 내리는 소리를 엿들어 보아라.

너에게로 다시

| 번즈 |

오, 내 사랑은 6월에 갓 피어난
붉고 붉은 한 송이 장미.
오, 내 사랑은 아름다운 선율.
곡조에 맞춰 달콤하게 흐르는 가락.

나의 귀여운 소녀여,
그대는 정녕 아름답구나.
나 이토록 깊이 너를 사랑하노니
바닷물이 다 말라버릴 때까지
한결같이 그대만을 사랑하리라.

바닷물이 모두 말라버릴 때까지.
바위가 햇볕에 녹아 스러질 때까지.
인생의 모래알이 다하는 그날까지.
한결같이 그대만을 사랑하리라.

그럼 안녕, 하나뿐인 사랑아.
우리 잠시 헤어져 있을 동안만
수백, 수만 리 떨어져 있다 해도
나는 다시 너에게로 돌아오리라.

사랑의 빛깔

| 피터 맥윌리엄스 |

정열의 빨강
강렬함의 적황색
노랑은 행복
초록은 부드러움
다정함은 파랑
만족스러움은 자줏빛
사랑의 황금빛

그리고 나는
내 사랑의 프리즘……

진정한 성공

| 에머슨 |

자주 그리고 많이 웃는 것.
현명한 이에게 존경을 받고
아이들에게서 사랑을 받는 것.
정직한 비평가의 찬사를 듣고
친구의 배반을 참아내는 것.

아름다움을 식별할 줄 알며
다른 사람에게서 최선의 것을 발견하는 것.
건강한 아이를 낳든
정원을 가꾸든
사회 환경을 개선하든
자기가 태어나기 전보다
세상을 조금이라도 살기 좋은 곳으로
만들어 놓고 떠나는 것.

자신의 한때 이곳에 살았음으로 해서
단 한 사람의 인생이라도 행복해지는 것.
이것이 진정한 성공.

그대 함께 있다면

| 번즈 |

저 너머 초원에, 저 너머 초원에
찬바람 그대에게 불어온다면
나 그대 감싸리, 나 그대 감싸리.
또한 불행의 풍파가
그대에게 몰아친다면, 그대에게 몰아친다면
내 가슴 그대의 안식처 되어
모든 괴로움 함께 하리, 모든 괴로움 함께하리.

어둡고 황량한, 어둡고 황량한
거칠디거친 황야에 있다 해도
그대 함께 있다면, 그대 함께 있다면
사막도 나에겐 낙원이리.
나 또한 이 세상의 군주 되어
그대 함께 다스린다면, 그대 함께 다스린다면
내 왕관보다 빛날 보석은
나의 왕비이리.
나의 왕비이리.

당신 생각에
| 앤드류 토니 |

당신도 어렴풋이 아실 테지만
이건 모두 당신 탓이에요.
오늘 전 아무 일도 못했거든요.
무슨 일을 시작하려들면
당신 생각이 떠올라서요.

처음으로 살며시, 그러다가
내 머릿속은 온통 당신 생각으로 가득차지요.
포근한 느낌, 멋진 생각, 정말 사랑스러운······.
안 돼요.
어서 이런 생각을 떨쳐버려야죠.
전 오늘 해야 할 일이 무척 많거든요.

그래서 말인데요.
전 지금
아주 중요한 일부터 시작해야겠어요.

먼저 당신에게 알리겠어요.
내가 얼마나 당신을 원하는지
당신이 내게 얼마나 필요한지
그리고 내가 얼마나 얼마나
당신을 사랑하고 있는지를 말이에요.

눈이여 쌓여라

| 하인리히 하이네 |

눈이여 쌓여라.
산만큼 쌓여라.
우박아 내려라.
미친 듯이 내려서
방의 창문들을 깨뜨려 버려라.
아무렇게 되어도 나는 두려울 게 없네.
내 마음의 방 안에는
봄날의 포근한 바람이 일고 있으니.

진실

| 벤 존슨 |

진실은 그 자신을 시험하는 것이며,
그 외의 다른 것으로는 설명할 수 없다.
가장 순수한 금보다 더 순수한 것이며,
이보다 아름다운 것은 없다.

그것은 사랑의 빛이며 삶 자체다.
진실은 영원히 빛나는 태양이며,
어디에서도 찾아볼 수 없는 은총의 영혼이며
믿음과 사랑이다.

진실은 약속의 보증인이며,
아름다운 향기를 뿜어내고
모든 거짓말을 발밑에 짓밟는
믿음의 힘을 가지고 있다.

잡시

| 도연명 |

예전에 어른 말씀 들으면
귀를 막고 늘 못마땅했지.
어찌하여 쉰 살이 되어
홀연 내가 그 짓을 하고 있는가.
내 젊은 날의 기쁨 찾으려 해도
한 점도 그 심정 생기지 않네.
가고 가고 옮겨 가 멀어지는데
이 삶을 어떻게 다시 만나리.
가산을 기울여 즐거움 누리며
끝내 치달리는 세월을 따라가리라.
자손 위해 금일랑 남겨두지 않을 터
어찌 사후의 일에 마음 쓰리오.

오, 나는 미친 듯 살고 싶다
| 블로끄 |

대지 위에 모든 것은 죽어 가리라.
어머니도, 젊음도.
아내는 변하고, 친구는 떠나가리라.
그러나 그대는 다른 달콤함을 배워라.
차가운 북극을 응시하면서.

그대의 돛배를 가져와, 멀리 떨어진 북극을 항해하라.
얼음으로 된 벽들 속에서
그리고 조용히 잊어라,
그곳에서 사랑하고 파멸하고 싸웠던 일들.
정열로 가득 찼던 옛 고향을 잊어라.

그때는 기억하라

| R. 펀치즈 |

길이 너무 멀어 보일 때
어둠이 밀려올 때
모든 일이 다 틀어지고
친구를 찾을 수도 없을 때
그때는 기억하라,
사랑하는 이가 있다는 것을.

웃음 짓기 힘들 때
기분이 울적할 때
날아보려 날개를 펴도
날아오를 수 없을 때
그때는 기억하라,
사랑하는 이가 있다는 것을.

시간은 벌써 다 달아나 버리고
시작하기도 전에 끝나 버릴 때

조그만 일들이 당신을 가로막아
아무 일도 할 수 없을 때
그때는 기억하라,
사랑하는 이가 있다는 것을.

사랑하는 이가 멀리 떠나고
당신 홀로 있을 때
어떤 말을 해야 할지 모를 때
혼자 있다는 사실이 한없이 두려울 때
그때는 기억하라,
사랑하는 이가 있다는 것을.

사랑의 팔

| 슈토름 |

사랑의 팔에 안긴 일이 있는 사람은
절대로 비참해지는 일이 없다.
비록 낯선 땅에서 홀로 죽어갈지라도.
연인의 입술에 닿아서 느낀
지난날의 행복이 다시 되살아나
죽음의 순간에서조차도
그녀를 자기 것으로 느끼게 마련이다.

마리에게 보내는 소네트

| **롱사르** |

한 다발 엮어서
보내는 이 꽃송이들
지금은 한껏 피어났지만
내일은 덧없이 지리.

그대여, 잊지 말아요.
꽃처럼 어여쁜 그대도
세월이 지나면 시들고
덧없이 지리, 꽃처럼.

세월이 간다, 세월이 간다.
우리도 간다, 흘러서 간다.
세월은 가고 흙 속에 묻힌다.

애끓는 사랑도 죽은 다음에는
속삭일 사람이 없어지리니
사랑하기로 해요, 나의 꽃 그대여.

불과 얼음

| 프로스트 |

어떤 사람은 이 세상이 불로 끝날 거라고 말하고,
또 어떤 사람은 얼음으로 끝난다고 말한다.

내가 맛 본 욕망에 비춰 보면
나는 불로 끝난다는 사람들 편을 들고 싶다.

그러나 세상이 두 번 멸망한다면
파괴하는 데는 얼음도
대단한 힘을 갖고 있다고 말할 만큼
나는 증오에 대해서도 충분히 알고 있다고 생각한다.
그리고 그렇게 말하는 걸로 충분하다.

내 젊음의 초상

| 헤르만 헤세 |

지금은 벌써 전설처럼 된 먼 과거로부터
내 청춘의 초상이 나를 바라보며 묻는다.
지난 날 태양의 밝음으로부터
무엇이 반짝이고 무엇이 타고 있는가를.

그때 내 앞에 비추어진 길은
나에게 많은 번민의 밤과
커다란 변화를 가져왔다.
그 길을 나는 이제 다시는 걷고 싶지 않다.

그러나 나는 나의 길을 성실하게 걸었고
추억은 보배로운 것이었다.
실패도 과오도 많았다.
하지만 나는 그것을 후회하지 않는다.

내 사랑하는 이여

| R. 홀스트 |

우리 서로에게 부드럽게 대해요, 사랑하는 이여.
오랜 세월 바람에 떠돌던 별들 아래
지쳐 주체할 수 없이 외로우니
우리 서로에게 다정하게 대해요.

하지만 사랑의 숭고한 말들을
함부로 말하지는 말아요.
피할 수 없는 슬픔을 싣고 다니는 바람에
수많은 가슴들이 괴로워해야 할지 모르잖아요.

우리 마치 오래된 숲길을 떠도는 공기방울 같이
모든 것이 불확실하니
어찌 알 수 있을까요.
오직 바람만이 알 수 있지요, 내 사랑하는 이여.

우리 외로우니
서로 머리 기대고 살아요.
오래 전부터 불어오던 바람 안에 침묵하면서
마지막 아껴 두었던 꿈을 함께 나눠요.

수많은 사랑이 바람에 갈 길을 잃어버리고
바람이 원하는 걸 우린 알지 못해요.
그러니 다시 서로를 잃어버리기 전에
우리 서로에게 부드럽게 대해요, 내 사랑하는 이여.

그대를 사랑하기에

| 헤르만 헤세 |

그대를 사랑하기에
나는 그대에게 속삭였지요.
그대가 나를 영원히 잊지 못하도록
그대 마음을 따왔지요.

그대의 마음은 나와 함께 있으니
좋든 싫든 오로지 내 것이랍니다.
설레며 불타오르는 내 사랑
어떤 천사라 해도 그대를 빼앗진 못해요.

사랑의 노래

| 베르톨트 브레히트 |

당신이 기쁘게 해주실 때면
저는 이따금 생각해요.
이제 죽어도 좋겠노라고.
이 목숨 끝까지
행복하게 살 거라고요.

먼 훗날 당신이 늙으시면
그리하여 나를 생각하시면
나는 지금과 같은 모습이겠지요.
아직도 젊은 여인을
당신은 여전히 간직하실 테지요.

고별

| 바이런 |

귀여운 아가씨여, 그대 입술이 남긴 입맞춤은
내 입술을 영영 떠날 날이 없을 거다.
지금보다 더 행복한 우리 되어서
그 선물 깨끗이 간직했다가 그대 입술에 되돌려 줄
때까지는.

헤어지는 이 마당에 빛나는 그대 눈동자
내 눈동자 속에 그대 사랑만한 사랑을 보고
그대 눈시울에서 흘러내리는 눈물은
이내 가슴 속에 울음 되어 괼 거다.

홀로 있을 때 그대를 응시하면서도
날 행복하게 해 줄 사랑의 표적을
그리고 가슴 속에 간직할 사랑의 기념물도 청하지 않
으련다.
내 가슴 이미 그대 생각만으로 가득 찼거든.

내 마음은 글로도 옮기지 않으련다.
그러기엔 나의 붓이 너무나 무력하다.
오, 사무친 이내 심정
하찮은 말이 어이 다 이룰손가.

끝까지 해 보라
| 에드거 A. 게스트 |

네게 어려운 일이 생기면
마주보고 덩덩하게 맞시라.
실패할 수 있지만, 승리할 수도 있다.
한번 끝까지 해 보라.

네가 근심거리로 가득 차 있을 때
희망조차 소용없게 보일지도 모른다.
하나 지금 네가 겪고 있는 일들은
다른 이들도 모두 겪은 일일 뿐임을 기억하라.

실패한다면, 넘어지면서도 싸워라.
무슨 일을 해도 포기하지 말라.
마지막까지 눈을 똑바로 뜨고 머리를 쳐들고
한번 끝까지 해 보라.

내가 좋아하는 요리법

| 헬렌 스타이너 라이스 |

한 잔의 친절에
사랑을 부어 잘 섞고
하늘의 신에 대한 믿음과
많은 인내를 첨가하고
기쁨과 감사와 격려를
넉넉하게 뿌립니다.
그러면 일 년 내내 포식할
'천사의 양식'이 됩니다.

서른 살 시인
| 장 콕토 |

이제 인생의 중반에 접어들어
내 삶을 바라보노라.

과거와 같은 미래, 같은 풍경이긴 하나
서로 다른 계절에 속해 있구나.

이쪽은 어린 노루 뿔처럼 굳은 포도넝쿨로
붉은 땅이 덮여 있고 빨랫줄에 널린 빨래가
웃음과 손짓으로 하루를 맞아 준다.
저쪽은 겨울 그리고 내게 주어질 명예.

비너스여, 아직 날 사랑한다 말해 주오.
내가 네 이야기를 하지 않았다면,
내 삶이 내 시로 이루어지지 않았다면
난 너무도 공허해 지붕 위에서 뛰어내렸을 것이다.

당신은 어느 쪽인가요?

| 엘러 휠러 윌콕스 |

세상엔 두 부류의 사람들이 있지요.
부자와 가난한 자는 아니에요.
한 사람의 재산을 평가하려면
그의 양심과 건강 상태를 먼저 알아야 하니까요.

겸손한 사람과 거만한 사람도 아니에요.
짧은 인생에서 잘난 척하며 사는 이는
사람으로 칠 수 없잖아요.
행복한 사람과 불행한 사람도 아니지요.
유수 같은 세월, 누구나 웃을 때도
눈물을 흘릴 때도 있으니까요.

내가 말하는 두 부류의 사람이란
짐을 들어주는 자와 비스듬히 기대는 자랍니다.
당신은 어느 쪽인가요? 무거운 짐을 지고
힘겹게 가는 이의 짐을 들어주는 사람인가요?
아니면 나에게 당신 몫의 짐을 지우고
걱정 근심 끼치는 기대는 사람인가요?

기러기

|메리 올리버|

기러기는
착해지지 않아도 돼.
무릎으로 기어 다니지 않아도 돼.
태양과 비의 맑은 자갈들은
풍경을 가로질러 움직이지.
대초원들과 깊은 숲들,
산들과 강들 너머까지.
그러면 기러기들, 맑고 푸른 공기 드높이,
다시 집으로 날아가는 거야.
네가 누구든, 얼마나 외롭든,
너는 상상하는 대로 세계를 볼 수 있어.
기러기들은 달뜬 목소리로 네게 말하지.
네가 있어야 할 곳은 이 세상 모든 것들의
그 한가운데라고.

인생

| 릴케 |

인생을 이해하려 해서는 안 된다.
인생은 축제와 같은 것.
하루하루를 일어나는 그대로 살아나가라.
바람이 불 때 흩어지는 꽃잎을 줍는 아이들은
그 꽃잎들을 모아둘 생각은 하지 않는다.
꽃잎을 줍는 순간을 즐기고
그 순간에 만족하면 그뿐.

취하세요
| 보들레르 |

늘 취해 있어야 해요.
모든 세 거기 있지요.
그것만이 유일한 문제예요.
당신의 두 어깨에서 힘을 빼고
당신을 땅 쪽으로 구부러뜨리는
끔찍한 시간의 무게를 느끼지 않으려면
당신은 계속 취해야 해요.

늘 취해 있어야 해요.
모든 게 거기 있지요.
술에든, 시에든 어쨌든 취하세요.
그리고 취기가 옅어지거나 사라졌을 때 물으세요.
바람에게든, 물결에게든, 별에게든, 새에게든.
지금이 몇 시인지를.

그러면 바람, 물결, 별, 새는
당신에게 이렇게 대답할 거예요.
"이제 취할 시간이에요.
시간에게 학대당하는 노예가 되지 않으려면
취하세요. 계속 취하세요.
술에든, 시에든, 덕성에든, 당신 마음대로요."

삼월

| 괴테 |

눈은 펄펄 내려오건만
아직 기다려지는 때는 오지 않는디.
갖가지 꽃들이 피면 우리 둘이서 얼마나 설렐까.

따뜻하게 쪼이는 햇볕도 역시 거짓말이던가.
제비조차도 거짓말을 해.
제비조차도 거짓말을 해.
저 혼자만 오다니.

아무리 봄이 왔다고 하여도
혼자서 어찌 기꺼우랴.
그러나 두 사람이 같이 살게 될 때는
우리가 같이 살게 될 때는
이미 여름이 되어 있으리라.

맑고 향기롭게
| **숫타니파타** |

눈을 조심하여 남의 잘못을 보지 말고
맑고 아름다운 것만을 보라.

입을 조심하여 쓸데없는 말을 하지 말고
착한 말 바른 말만 하라.

나쁜 친구를 사귀지 말고
어질고 착한 이를 가까이하라.

지혜로운 이를 따르고
남을 너그럽게 용서하라.

오는 것을 막지 말고
가는 것을 잡지 마라.

남을 해치면 그것이 자기에게 돌아오고
세력에 의지하면 도리어 화가 따르는 법이다.

그리고 미소를

| 엘뤼아르 |

밤은 결코 완전한 것이 아니다.
슬픔의 끝에는 언제나
열려 있는 창이 있고,
언제나 꿈은 깨어나며,
욕망은 충족되고 굶주림은 채워진다.
관대한 마음과
열려 있는 손이 있고,
주의 깊은 눈이 있고,
함께 나누어야 할 삶이 있다.

선물

| **기욤 아폴리네르** |

만일 당신이 원하신다면
난 당신께 드리겠어요.
아침을, 나의 밝은 이 아침을.
그리고 당신이 좋아하는
나의 빛나는 머리카락과
아름다운 나의 푸른 눈을.

만일 당신이 원하신다면
난 당신께 드리겠어요.
따사로운 햇살 비추는 곳에서
눈뜨는 아침 들려오는 모든 소리를.
근처 분수 속에서 치솟아 흐르는
감미로운 맑은 물소리들을.

이윽고 찾아들 석양을,
나의 쓸쓸한 마음의 눈물인 저 석양을.
또한 조그마한 나의 여린 손과
그리고 당신의 마음 가까이
놔두지 않으면 아니 될
나의 마음을.

가지 않은 길

| **프로스트** |

노란 숲속에 두 갈래 길이 있었지요.
한 몸으로 두 길을 다 가볼 수 없어
나는 안타까운 마음으로 오랫동안 서서
덤불 속으로 꺾여 내려간 한 길을
끝 간 데까지 바라보았지요.

그러다가 똑같이 아름다운 다른 한 길을 택했지요.
그럴 만한 이유가 있었어요.
거기에는 풀이 더 우거지고 사람의 발자취가 적었지요.
하지만 그 길을 걸음으로써
그 길도 거의 같아질 것입니다만.

그날 아침 두 길에는 낙엽을 밟은 자취 적어
아무에게도 더럽혀지지 않은 채 묻혀 있었지요.
아, 나는 훗날을 위해 한 길을 남겨 두었지요.
길은 다른 길에 이어져 끝이 없으므로
다시 오기 어려우리라 여기면서도.

오랜 세월이 흐른 뒤에
나는 한숨지으며 얘기하겠지요.
숲속에 두 갈래 길이 나 있었다고.
나는 사람이 적게 간 길을 택했고,
그것으로 해서 모든 게 달라졌다고.

사람이 영원히 취할 수 있다면

| 알프레드 E. 하우스먼 |

사람이 만일 영원히 취할 수 있다면
술에, 사랑에, 또는 전쟁에 취하여
나는 아침에 일어나지 않을 것이며
밤에는 잠자지 않을 것이다.

살아남은 자의 슬픔

| 베르톨트 브레히트 |

물론 나는 알고 있다.
운이 좋았던 덕택에
나는 그 많은 친구들보다
오래 살아남았다.
그러나 지난 밤 꿈속에서
이 친구들이 나에 대하여
이야기하는 소리가 들려왔다.
강한 자는 살아남는다.
나는 자신이 미워졌다.

깨어진 거울

| 자크 프레베르 |

내 머리 속에서 춤추던 조그만 남자가
청춘의 조그만 남자가
그의 구두끈을 끊어 버렸다.

갑자기 축제의 오두막들이
모조리 무너져 내리고
축제의 침묵 속에서
축제의 황폐 속에서
나는 네 행복한 목소리를 들었다.

찢어지고 꺼져 버릴 듯한 네 목소리를
멀리서 다가와 날 부르는 네 목소리를
내 너의 가슴 위에 손을 얹으니

피처럼 붉게 흔들리는 것은
별빛처럼 반짝이는 네 웃음의 일곱 조각난 얼굴.

잃고 얻은 것

| 롱펠로우 |

잃은 것과 얻은 것
놓친 것과 이룬 것

저울질해 보니
자랑할 게 별로 없구나.

많은 날 헛되이 보내고

화살처럼 날려 보낸 좋은 뜻
못 미치거나 빗나갔음을.

하지만 누가
이처럼 손익을 따지겠는가.
실패가 알고 보면 승리일지 모르고
달도 기울면 다시 차오느니.

길이 보이면 걷는 것을 생각한다

| 칼릴 지브란 |

길 끝에는 무엇이든 있고
무엇과도 만나기 때문이다.
우리는 모두 자신의 꿈 꾼
최선의 길로 들어설 수 없다.
그래도 가야 한다.
들어선 길이면 길이기 때문에
바르게 걸어야 한다.
잘못 들어선 길 그 길에도
기쁨과 슬픔이 있기 때문이다.
나를 꿈꾸게 하는 돌은 있기 때문이다.
패랭이 꽃 한 무더기쯤
어디에 있기 때문이다.
파랑새도 길 위라면
어디든 있기 때문이다.

우리가 기뻐한다 해도
우리의 기쁨은 우리 속에 있는 것이 아니고
인생 그 자체 속에 있는 것이며
우리가 고통을 당한다 해도 고통은
우리의 상처 속에 있지 않고
가슴속에 있는 것이다.
낙관론자는 장미꽃만 보고
그 가시를 보지 못하며
염세주의자는 장미꽃은 보지 못하고
그 가시만 본다.

내가 늙었을 때 난 넥타이를 던져버릴 거야

| 드류 레더 |

내가 늙었을 때 난 넥타이를 던져버릴 거야.
양복도 벗어 던지고,
아침 여섯 시에 맞춰 놓은 시계도 꺼버릴 거야.
아첨할 일도, 먹여 살릴 가족도, 화낼 일도 없을 거야.

더 이상 그런 일은 없을 거야.
내가 늙었을 때 난 들판으로 나가야지.
어디로 가는지도 모르면서 여기저기 돌아다닐 거야.
물가의 강아지풀도 건드려 보고
납작한 돌로 물수제비도 떠 봐야지.
소금쟁이들을 놀래면서.

해질 무렵에는 서쪽으로 갈 거야.
노을이 내 딱딱해진 가슴을
수천 개의 반짝이는 조각들로 만드는 걸 느끼면서.
넘어지기도 하고
제비꽃들과 함께 웃기도 할 거야.
그리고 귀 기울여 듣는 산들에게
노래를 들려 줄 거야.

하지만 지금부터 조금씩 연습해야 할지도 몰라,
나를 아는 사람들이 놀라지 않도록.
내가 늙어서 넥타이를 벗어 던졌을 때 말이야.

잊힌 여인

| 마리 로랑생 |

쓸쓸한 여자보다
좀 더 가엾은 것은 불행한 여자다.
불행한 여자보다
좀 더 가엾은 것은 병든 여자다.
병든 여자보다
좀 더 가엾은 것은 버림받은 여자다.
버림받은 여자보다
좀 더 가엾은 것은 의지할 데 없는 여자다.
의지할 데 없는 여자보다
좀 더 가엾은 것은 쫓겨난 여자다.
쫓겨난 여자보다
좀 더 가엾은 것은 여자는 죽은 여자다.
죽은 여자보다
좀 더 가엾은 것은 잊힌 여다.

구월

| 헤르만 헤세 |

뜰이 슬퍼합니다.
차디찬 빗방울이 꽃 속에 떨어집니다.
여름이 그의 마지막을 향해서
조용히 몸서리칩니다.

단풍진 나뭇잎이 뚝뚝 떨어집니다.
높은 아카시아나무에서 떨어집니다.
여름은 놀라, 피곤하게
죽어가는 뜰의 꿈속에서 미소를 띱니다.

오랫동안 장미 곁에서 발을 멈추고
아직 여름은 휴식을 그리워 할 것입니다.
천천히 큼직한
피로의 눈을 감습니다.

진정한 사랑

| 마이트레야 라엘 |

인류를 변화시키는 유일한 길은
자신의 이웃보다
이방인들을 더 사랑하는 것입니다.

우리가 백인이라면 백인보다
흑인을 더 사랑해야 합니다.

우리가 동성애자라면 동성애자들보다
이성애자를 더 사랑해야 합니다.

자신의 종교를 믿는 사람들보다는
다른 종교를 믿는 사람을 더 사랑해야 합니다.

처음으로 사랑하는 사람은

| 하인리히 하이네 |

처음으로 사랑하는 사람은
비록 불행하다 해도 신이라네.

하지만 불행한 사랑을
두 번씩 하는 사람은 바보라네.

나는 그러한 바보, 사랑받지도
못한 채, 또 다시 사랑에 빠졌네.

해와 달과 별들이 깔깔대고 웃네.
나도 따라 웃으며 죽어간다네.

우리 둘 헤어질 때

| 바이런 |

말없이 눈물 흘리며
우리 둘 헤이질 때
여러 해 떨어질 생각에
가슴 찢어졌었지.

내 이마에 싸늘했던 그 날 아침 이슬
바로 지금 이 느낌을 경고한 조짐이었어.

그대 맹세 다 깨지고
그대 평판 가벼워져
누가 그대 이름 말하면
나도 같이 부끄럽네.

남들 내게 그대 이름 말하면
그 이름 조종처럼 들리고
온몸이 한 바탕 떨리는데
왜 그리 그대 사랑스러웠을까.

남몰래 만났던 우리
이제 난 말없이 슬퍼하네.
잊기 잘하는 그대 마음
속이기 잘하는 그대 영혼을.

오랜 세월 지난 뒤
그대 다시 만나면
어떻게 인사를 해야 할까?
말없이 눈물 흘리며.
내 그대 알았던 것 남들은 몰라.
너무나 잘 알고 있었던 걸.
오래 오래 난 그댈 슬퍼하리.
말로는 못할 만큼 너무나 깊이.

힘과 용기

| 데이비드 그리피스 |

강해지기 위해서는 힘이
부드러워지기 위해서는 용기가 필요하다.

자신을 방어하기 위해서는 힘이
방어 자세를 버리기 위해서는 용기가
확신을 갖기 위해서는 힘이
의문을 갖기 위해서는 용기가 필요하다.

조화를 이루기 위해서는 힘이
전체의 뜻에 따르지 않기 위해서는 용기가
다른 사람의 고통을 느끼기 위해서는 힘이
자신의 고통과 마주하기 위해서는 용기가 필요하다.

자신의 감정을 숨기기 위해서는 힘이
그것을 표현하기 위해서는 용기가
학대를 위해서는 힘이
그것을 중단시키기 위해서는 용기가 필요하다.

홀로서기 위해서는 힘이
누군가에게 기대기 위해서는 용기가
사랑하기 위해서는 힘이
사랑받기 위해서는 용기가 필요하다.

생존하기 위해서는 힘이
삶을 살아가기 위해서는 용기가 필요하다.

악한 자의 가면

| 베르톨트 브레히트 |

내 방 벽에는 일본제 목제품인
황금색 칠을 한 악마의 가면이 걸려 있다.
그 불거져 나온 이마의 핏줄을 보고 있노라면
악할 수 있다는 것이 얼마나 힘든 일인가를
느낄 수 있을 것만 같다.

그녀를 알려면

| 레너드 니모이 |

그녀를 알려면
그녀의 존재를 보면 되네.
그녀의 행동을 보면 되네.
그녀의 동직이 느리건 빠르건 간에
나는 알고 있네.
나는 그녀를 알고 있네.

나는 알고 있네, 그녀를.
우리가 비록
수많은 군중 속에서 마주친다 해도

그렇다면
그녀가 나를 알게 하려면
어떻게 해야 할까?
만일 그녀가 준비되어 있다면
그녀는 분명 나를 알고 있을 것이네.

금 간 꽃병

| 쉴리 |

이 마편초 꽃이 시든 꽃병은
부채가 닿아 금이 간 것.
간신히 스쳤을 뿐이겠지
아무 소리도 나지는 않았으니.
하지만 가벼운 생채기는
하루하루 수정을 좀 먹어들어
보이지는 않으나 어김없는 발걸음으로
차근차근 그 둘레를 돌아갔다.
맑은 물은 방울방울 세어나고
꽃들의 물기는 말라들었다.
손대지 말라,
금이 갔으니.

고임을 받은 손도 때론 이런 것
남의 맘을 스쳐서 상처를 준다.
그러면 마음은 절로 금이 가
사랑의 꽃은 횡사를 한다.
사람들 눈에는 여전히 온전하나
마음에는 잘고도 깊은 상처가 자라고
흐느낌을 느끼나니
금이 갔으니
손대지 말라.

사랑만이 희망이다
| V. 드보라 |

힘겨운 세상일수록
사랑만이 희망일 때가 있습니다.

새들은 하늘에 검은 먹구름이 드리울수록
더욱 세찬 날갯짓을 하지요.
꽃은 날이 어두워질수록
마지막 힘을 다해 세상을 향해 고개를 들지요.

마지막 순간에 있는 힘을 다해 하늘을 보는 꽃처럼
먹구름이 내려앉을수록 더 높이 비상하는 새들처럼
사람을 사랑함에 최선을 다해야 해요.

사랑만이 우리에게
진정한 희망일 때가 있습니다.

사랑은

| 칼릴 지브란 |

사랑은 마치 잘 쌓인 낟가리처럼
그대들을 자신에게로 거두어들이는 것.
사랑은 그대들을 두들겨 벌거벗게 하는 것.
사랑은 그대들을 채로 쳐서
쓸모없는 껍질들을 털어버리게 하는 것.
사랑은 그대들이 유연해질 때까지 반죽하여
신의 향연에 쓰일 거룩한 빵이 되도록
성스런 불꽃 위에 올려놓는 것.

사랑은 이 모든 일을 그대들에게 행하여
그대들로 하여금 마음의 비밀을 깨닫게 하고
그 깨달음으로 삶의 가슴에 한 파편이 되게 하리라.
사랑은 저 외에는 아무것도 주지 않으며
저 외에는 아무것도 구하지 않는 것.
사랑은 소유하지도
소유 당할 수도 없는 것.
사랑은 다만 사랑 그 자체만으로 충분한 것.

어머니의 기도

| 캐리 마이어스 |

아이들을 이해하고
이이들의 말을 끝끼지 들어주고
묻는 말에 일일이 친절하게
대답할 수 있도록 도와주소서.

면박을 주는 일 없도록 도와주소서.
아이들이 우리에게 공손히 대해 주기를 바라 듯
우리가 잘못했다고 느꼈을 때
아이들에게 용서를 빌 수 있는 용기를 주옵소서.

아이들의 잘못에
창피를 주거나 상처 주는 말을 하지 않게 도와주시고
아이들에게 잔소리를 하지 않게 하여 주옵소서.

두려워 말아요

| 수잔 폴리스 슈츠 |

두려워 말아요,
조건 없는 사랑에 빠지는 것을.
사랑이란 언제나 가슴 벅차고
아름답게 피어나는 감동이에요.

두려워 말아요,
설사 상처를 입게 된다 해도.
그이가 당신을
당신만큼 사랑하지 않는다 해도.

당신의 모든 일은 확실치 않고
사랑의 대가는 클 수 없어요.
사랑에 완전히 빠져들어요.
사랑에 정직하게 빠져들어요.
그리고 즐거이 기다려 보세요.
믿어요,
당신에게 일어나는 모든 일이
진정한 행복의 원천이라고.
하나뿐인 행복의 원천이라고.

눈물 속에 피는 꽃

| J. 도레 |

나는 믿어요.
지금 흘러내리는 눈물방울마다
새로운 꽃이 피어나리라는 것을.
그리고 그 꽃잎 위에
나비가 찾아올 것이라는 것을.

나는 믿어요,
영원 속에서 나를 생각해주고
나를 잊지 않을 그 누군가가
있다는 것을.

그래요.
언젠가 나는 찾을 거예요.
내 일생 동안 혼자는 아닐 거예요.

나는 알아요,
보잘 것 없는 나를 위해
영원 속에 한 사랑이 있다는 것을.

171

그래요.
내 일생 동안 혼자는 아닐 거예요.
나는 알아요,
이 하늘보다 더 높고 넓은 영원 속에
작은 마음이 살아 있다는 것을.

꽃이 하고픈 말

| 하인리히 하이네 |

새벽녘 숲에서 꺾은 제비꽃
이른 아침 그대에게 보내드리리.
황혼 무렵 꺾은 장미꽃도
저녁에 그대에게 갖다드리리.

그대는 아는가.
낮에는 진실하고
밤에는 사랑해 달라는
그 예쁜 꽃들이 하고픈 말을.

여행

| 잘랄루딘 루미 |

여행은 힘과 사랑을
그대에게 돌려준다.
어디든 갈 곳이 없다면
마음의 길을 따라 걸어가 보라.
그 길은 빛이 쏟아지는 통로처럼
걸음마다 변화하는 세계,
그 곳을 여행할 때
그대는 변화하리라.

이른 봄

| 톨스토이 |

이른 봄
풀은 겨우 고개를 내밀고
시냇물과 햇빛은 약하게 흐르고
숲의 초록색은 투명하다.

아직 목동의 피리 소리는 아침마다
울려 퍼지지 않고
숲의 작은 고사리도
아직은 잎을 돌돌 말고 있다.

이른 봄
자작나무 아래서
미소를 머금은 채 눈을 내리깔고
내 앞에 너는 서 있었다.

내 사랑에게 보내는 응답으로
살며시 눈을 내리깔았던 너.
생명이여, 숲이여, 햇빛이여!
오, 청춘이여, 꿈이여!
사랑스런 네 얼굴을 보며
나는 울었노라.

이른 봄
자작나무 아래서
그것은 우리 생애의 이른 봄.
가슴 가득한 행복, 그 넘치는 눈물
생명이여, 숲이여, 햇빛이여!
자작나무 잎의 연푸른 화사함이여 울라.

가슴으로 느껴라

| 헬렌 켈러 |

태양을 바라보고 살아라.
그대의 그림자를 못 보리라.

고개를 숙이지 말라.
언제나 머리를 높이 두라.
세상을 똑바로 쳐다보라.

나는 눈과 귀와 혀를 빼앗겼지만
내 영혼을 잃지 않았기에
그 모든 것을 가진 것이나 다름없다.

고통을 느껴보지 못한 사람은 진정한 쾌락을 알 수 없다.
그대가 정말 불행할 때
세상에서 그대가 해야 할 일이 있다는 것을 믿어라.
그대가 다른 사람의 고통을 덜어줄 수 있는 한
삶은 헛되지 않으리라.

세상에서 가장 아름답고 소중한 것은
보이거나 만져지지 않는다.
단지 가슴으로만 느낄 수 있다.

사랑

| 아네크레온 |

나는 사랑에 빠져 있으면서도
시랑이 무엇인지를 모른다.
망설임으로 해서 머뭇거리면서도
망설일 줄 또한 모른다.

초원의 빛

| **워즈워드** |

한 때엔 그리도 찬란했던 빛이
이제는 속절없이 사라져가는구나.
돌이킬 길 없는
초원의 빛이여, 꽃의 영광이여.

우리는 서러워하지 않으며
뒤에 남아서 굳세리라.
존재의 영원함을
티 없이 가슴에 품어서

인간의 고뇌를
사색으로 달래서
죽음도 안광에 철하고
명철한 믿음으로 세월 속에 남으리라.

사랑의 한숨

| 마르틴 그나이프 |

장미꽃 피어나는 봄날에
혼자서 쓸쓸해하기보다는
차라리 슬픔 속에 잠기리.
장미꽃 피어나는 봄날에
쓸쓸한 내 모습을 보기보다는
슬픔으로 내 몸을
불사르는 편이 나으리.

나를 생각하세요

| 구스타포 A. 베케르 |

창문 앞 나팔꽃 넝쿨이 흔들림을 보고
지나가는 바람이 한숨짓는다 생각하실 양이면
그 푸른 잎사귀 뒤에 내가 숨어서
한숨짓는다 생각하세요.

그대 등 뒤에서 나직이 무슨 소리가 들리고
멀리서 누군가 부른다고 여겨 돌아보실 양이면
좇아오는 그림자 속에 내가 있어
그대를 부르는 걸로 생각하세요.

한밤중에 이상하게도 그대 가슴이 설레고
입술에 불타는 입김을 느끼시거든
눈에 보이지 않아도 그대 바로 곁에
내 입김이 서린다고 생각하세요.

사랑의 되뇌임

| 브라우닝 |

사랑한다고 한번만 더 들려주세요.
다시 한 번 더 그 말을 되뇌면
그대에겐 뻐꾸기 울음처럼 들리겠지만.

기억해 두세요. 뻐꾸기 울음 없이는 결코
상큼한 봄이 연록빛 치장을 하고
산이나 들에, 계곡과 숲이 찾아오지 않아요.

온갖 별들이 제각기 하늘을 수놓는다 해도
너무 많다고 불평할 사람이 어디 있겠어요?

온갖 꽃들이 저마다 사철을 장식한다 해도
너무 많다고 불평할 사람이 어디 있겠어요?

사랑해, 사랑해, 사랑해…….
그 달콤한 말을 속삭여 주세요.

눈 내리는 저녁 숲가에 서서
| 프로스트 |

이 숲이 누구의 숲인지 나는 알겠다.
그의 집은 마을에 있지만
그는 내가 여기 서서 눈이 가득 쌓이는
자기 숲을 보고 있음을 보지 못하리라.

내 작은 말은 이상하게 여기리라.
숲과 얼어붙은 호수 사이에
한 해의 가장 어두운 저녁에
가까이 농가도 없는 곳에 멈추는 것을.

내 작은 말은 방울을 흔들어
무슨 잘못이라도 있느냐고 묻는다.
그 밖에 들리는 소리라곤 다만
솜털 같은 눈송이가 스쳐가는 소리뿐

아름답고 어둡고 아늑한 숲속.
그러나 내겐 지켜야 할 약속이 있고
자기 전에 가야 할 먼 길이 있다.
자기 전에 가야 할 먼 길이 있다.

지금 알고 있는 걸 그때도 알았더라면

| 킴벌리 커버거 |

지금 알고 있는 걸 그때도 알았더라면
내 가슴이 말하는 것에 더 자주
귀 기울였으리라.

더 즐겁게 살고, 덜 고민했으리라.
금방 학교를 졸업하고 머지않아
직업을 가져야 한다는 걸 깨달았으리라.

아니, 그런 것들은 잊어 버렸으리라.
다른 사람들이 나에 대해 말하는 것에는
신경 쓰지 않았으리라.

그 대신 내가 가진 생명력과 단단한 피부를
더 가치 있게 여겼으리라.
더 많이 놀고, 덜 초조했으리라.

진정한 아름다움은 자신의 인생을
사랑하는 데 있음을 기억했으리라.

부모가 날 얼마나 사랑하는가를 알고
또한 그들이 내게 최선을 다하고 있음을 믿었으리라.

사랑에 더 열중하고
그 결말에 대해선 덜 걱정했으리라.

설령 그것이 실패로 끝난다 해도
더 좋은 어떤 것이 기다리고 있음을 믿었으리라.

아, 나는 어린아이처럼 행동하는 걸
두려워하지 않았으리라.
더 많은 용기를 가졌으리라.

모든 사람에게서 좋은 면을 발견하고
그것들을 그들과 함께 나눴으리라.

지금 알고 있는 걸 그때도 알았더라면
나는 분명코 춤추는 법을 배웠으리라.
내 육체를 있는 그대로 좋아했으리라.

내가 만나는 사람을 신뢰하고
나 역시 누군가에게 신뢰할 만한
사람이 되었으리라.

입맞춤을 즐겼으리라.
정말로 자주 입을 맞췄으리라.

분명코 더 감사하고,
더 많이 행복해 했으리라.
지금 내가 알고 있는 걸 그때도 알았더라면.

사랑의 비밀

| 투르게네프 |

꽃망울이 터지는 순간을 기다려 보았는가.
굳게 다문 꽃잎들 눈에 보이지 않게
시나브로 부풀어 오르고 펼쳐져
활짝 만개하는 그 황홀한 순간,
그 순간을 기다려 보았는가.

하지만 우린 번번이 때를 놓친다.
꽃은 제 스스로 피어나는 그 은밀한 순간을
다른 이에게 결코 들키지 않으므로
기다리고 기다리다 잠깐 한눈파는 사이
꽃은 이미 해해대며 피어 있다.

아무도 보지 못할 때만
꽃은 불꽃처럼 찬란히 모습을 드러낸다.
그 누구도 모르는 순간,
그러나 돌아보면 본시 그랬던 것처럼 거기 피어 있으니
그것은 꽃들의 비밀,
또한 그대 자그마한 사랑의 비밀.

그런 길은 없다

| 베드로시안 |

아무리 어둔 길이라도
나 이전에
누군가는 이 길을 지나갔을 것이고,

아무리 가파른 길이라도
나 이전에
누군가는 이 길을 통과했을 것이다.

아무도 걸어가 본 적이 없는
그런 길은 없다.

나의 어두운 시기가
비슷한 여행을 하는
모든 사랑하는 사람들에게
도움을 줄 수 있기를.

가장 빛나는 것

| 브라우닝 |

꿀벌 자루 속의 일 년 동안 모은 온갖 향기와 꽃.
보석 한복판에 빛나는 광산의 온갖 경이와 부.

진주알 속에 감추어 있는 바다의 온갖 빛과 그늘.
향기와 꽃, 빛과 그늘, 경이, 풍요.

그리고 이것들보다 훨씬 더 높은 것.
보석보다도 더 빛나는 진리.
진주보다도 더 순수한 믿음.
우주 안에서 가장 빛나는 진리.
그것은 한 소녀의 입맞춤이었네.

어떻게 사랑하게 되었느냐 묻기에
| 바이런 |

"저를 어떻게 사랑하게 되었나요?"
아, 그것을 내게 묻다니 참으로 가혹하군요.
그 많은 눈길을 읽으시고도.
그대를 바라볼 때 나의 인생은 시작된답니다.

우리 사랑의 종말을 알고 싶으신가요?
미래가 두려워서 마음은 제자리이지만
사랑은 끝없는 슬픔의 끝을 헤매며
내 삶이 끝나는 그날까지 살아가게 될 거예요.

그대는 얼음
| S. H 스펜더 |

그대가 얼음이면 나는 불.
뜨거운 내 사랑에도 그대 얼음 녹지 않네.
어찌 된 까닭일까.
더워지는 내 사랑에
그대 얼음이 더욱 차가워짐은.
끓는 듯 뜨거운 내 사랑이
심장마저 얼게 하는 그대 얼음에 식지 않고
더욱더 끓어올라 불길이 더욱 높아짐은.
만물을 녹일 불이 얼음을 더욱 얼게 하고
뼈까지 얼리는 아픔
타는 불의 기름 되니.
또다시 있으랴 이보다 이상한 일.
사랑은 무슨 힘이기에 천성마저 바꾸는가.

루시

| 워즈워드 |

다브의 샘가.
인적 없는 외진 곳에 그 소녀가 살았네.
칭찬하는 사람 아무도 없고
사랑하는 이 역시 아무도 없던 그 소녀.

이끼 낀 바위틈에 반쯤 가리어
다소곳이 피어 있는 한 송이 오랑캐꽃,
하늘에 홀로 반짝이는 샛별처럼 아름답던 그 소녀.

아는 이 없는 삶을 살다가
아는 이 별로 없이 삶을 거둔 가엾은 루시.
지금은 무덤 속에 고이 잠들었으니.
오! 그대 없음에 나에겐 천지가 달라졌도다!

내 사랑아

| 예이츠 |

내 사랑 나의 사랑아,
나는 누구보다 더 잘 알고 있지.
무엇이 그대의 가슴을 그토록 뛰게 하는지.
그대의 어머니조차도 나만큼은 모르리.
그 열렬한 생각이
그녀를 부인하고 잊어버렸지만
그녀의 피를 온통 들끓게 하고
그녀의 눈을 반짝이게 할 때
그녀 때문에 내 마음 아프게 했던 게
누구인지를.

자살에 대한 경고

| 에리히 케스트너 |

이 충고는 자네를 위한 것이야.
만약 자네가 권총에 손을 뻗어
얼굴을 내밀고 방아쇠를 당기면
내 가만 두지 않겠네.

세상이 재미없다고?
가난한 자와 부자가 있다고?
이봐, 뻔한 소리를 되풀이할 거야?
자네 시체가 관속에 있어도
난 자네를 가만 두지 않을 거네.

주변에서 일어나는 잡스런 일이야 아무래도 좋아.
비 맞은 중처럼 불평하는 건 이제 집어치워.
세상이 그렇고 그렇다는 것은
어린애도 다 알아.

자네 꿈은
인류를 개선한다는 것이 아니었나?
아침이면 자네는 그 꿈을 비웃을 거야.
그러나 인간은 조금씩 나아질 수 있어.

그래, 나쁘고 형편없는 자들이
버글버글하고 강자인 건 사실이야.
그렇다고 개처럼 죽을 수야 없지.
최소한 오래 살아
그놈들 약이라도 올려야 하지 않겠어?

여자의 남자

| 자크 프레베르 |

삶을 어여뻐하지도, 포기하지도 않되
함부로 열광하지도, 함부로 통곡하지도 않는
진한 열정을 산잔하게 품고 있는
그런 모습의 여자라면 좋겠다.

화사한 자태를 잔뜩 뽐내면서도
실은 달랑 몇 개의 허울 좋은
가시만으로 버티는 장미를
남겨두고 떠나온 어린왕자를
헤아릴 수 있는 여자라면 좋겠다.

아홉만큼의 내 상처는 잊은 체하고
하나 남은 기운만큼 널 위해 무엇인가 궁리하다가
위로받는 건 오히려 나인걸
깨닫게 하는 그런 여자라면 좋겠다.

세 번의 키스

| 브라우닝 |

그분이 처음으로 내게 키스했다.
이 시를 쓰는 나의 손가락에.
그 후로 손은 더욱 희고 깨끗해졌다.

보석반지는 키스보다 너무 천하게 보여
감히 이 손가락에 낄 수가 없다.

두 번째 키스는 첫 번째보다 한결 뜨거웠고
이마를 더듬다가 제대로 맞추지 못해
그만 머리카락에 그분 입술이 닿고 말았다.

그것은 사랑이 신성하고 감미로운 손길로
자기 왕관을 씌워 주면서 이마에 발라주는
거룩한 기름이었다.

세 번째 키스는 내 입술에 어김없이
무척이나 정중하게 내려앉았다.
그 후 내내 나는 참으로 긍지에 가득 차서 응답했다.

행복해진다는 것

| 헤르만 헤세 |

인생에 주어진 의무는
다른 아무것도 없다네.
그저 행복하라는 한 가지 의무뿐.

그런데도
그 온갖 도덕, 온갖 계명을 갖고서도
사람들은 그다지 행복하지 못하다네.
그것은 사람들 스스로 행복을 만들지 않는 까닭.

인간은 선을 행하는 한 누구나 행복에 이르지.
스스로 행복하고 마음속에서 조화를 찾는 한,
그러니까 사랑을 하는 한.

모든 인간에게 세상에서 한 가지 중요한 것은
그의 가장 깊은 곳
그의 영혼
그의 사랑하는 능력이라네.

보리죽을 떠먹든 맛있는 빵을 먹든
누더기를 걸치든 보석을 휘감든
사랑하는 능력이 살아 있는 한
세상은 순수한 영혼의 화음을 울렸고
언제나 좋은 세상
옳은 세상이었다네.

버드나무 정원

| 예이츠 |

버드나무 정원에서 그녀와 나 만났었네.
눈처럼 흰 작은 발로 버드나무 정원을 지나며
그녀는 내게 일러주었지.
나뭇가지에 잎이 자라듯 사랑을 수월히 여기라고.
그러나 난 젊고 어리석어
그녀의 말 들으려 하지 않았네.

강가 들판에서 그녀와 나 서 있었네.
기대인 내 어깨 위에 눈처럼 흰 손을 얹으며
그녀는 내게 일러주었지.
둑에 풀이 자라듯 인생을 수월히 여기라고.
그러나 젊고 어리석었던 나에겐
지금 눈물만 가득하네.

투우처럼

| 미겔 에르난데스 |

투우처럼 죽음과 고통을 위해
나는 태어났습니다.
투우처럼 옆구리에는
지옥의 칼자국이 찍혀 있습니다.

형용할 수 없는 이내 마음은
투우처럼 보잘 것 없어지고
입맞춤의 얼굴에 반해서
그대 사랑 얻기 위해 싸우겠습니다.

투우처럼 나는 그대를 쫓고 또 쫓습니다.
그대는 내 바람을 한 자루 칼에 맡깁니다.
조롱당한 투우처럼.

산 위에서

| 괴테 |

릴리여, 만일 내가 너를 사랑하지 않는다면
어떤 기쁨을 이 경치가 줄 수 있었으랴!
그리하여 릴리여, 만일 내가 너를 사랑하지 않는다면
어디서 나는 행복을 찾을 수 있었을까?

당신으로 인하여

| 제니 디터 |

당신으로 인하여 나는
새로운 사람으로 변하고 있어요.
새로운 경험을 하게 되었고
아낌없이 베풀고 받아들이는 것을 배웠지요.

당신의 사랑으로 나는
온전히 서로를 이해하는 너그러움을 갖게 되었지요.
사소한 즐거움 하나로 하루 내내 미소 지을 수 있다
는 것도요.

당신은 나의 존재를 인정해 주었고
내가 바르게 성장할 수 있도록 이끌어 주었지요.
나는 당신에게 더 가까이 가기 위해
성장을 게을리 하지 않았어요.

나의 사랑으로 인해
당신도 역시 그렇게 되길 진심으로 기도해요.

사랑의 철학

| P. B 셸리 |

샘물이 모여서 강물이 되고
강물이 모여서 바다가 된다.
하늘의 바람은 영원히
달콤한 파도와 하나가 된다.

세상에 외톨이인 것은 하나도 없으며
만물은 하늘의 법칙에 따라
서로 다른 것과 어우러지는데
어찌 나는 그대와 하나가 되지 못하는가?

보라! 산은 높은 하늘에 입 맞추고
물결은 서로 껴안고
달빛은 바다에 입맞춤한다.
이런 모든 입맞춤이 무슨 소용 있으랴.
그대가 내가 입맞춤해 주지 않는다면.

부서져라, 부서져라, 부서져라

| 알프레드 테니슨 |

바다여,
부서져라, 부서져라, 부서져라.
네 차디찬 잿빛 바위에.

나도 내 혀가 심중에 솟아오르는
생각을 표현할 수 있었으면 좋으련만.

어부의 아들은 좋겠구나,
누이와 고함지르며 놀고 있네.
젊은 뱃사람은 좋겠구나,
포구에 배 띄우고 노래 부르네.

바다여,
부서져라, 부서져라, 부서져라.
벼랑 기슭에.

하지만 가 버린 날의 다정한 행복은
내게 다시는 돌아오지 않으리.

그대는 나의 것이 되고 싶어 했네

| S. 안젤리 |

이 세상 그 어떤 여자도 남자에게
그렇게 하진 못했지.

사랑하는 그대여,
그대는 사랑 받은 다른 어떤 여자와 달리
그 어떤 여자와도 달리
내 청춘 한 걸음 한 걸음 앞으로 나아갈 때마다
나의 모든 아침을 찬란하게 장식해 주었네.
나의 것으로 남아 있기 위하여
이토록 빨리 돌아와 준 그대여,

이 세상 그 어떤 여자도 남자에게
그렇게 하진 못했지.

멀게도 깊게도 아닌
| **프로스트** |

사람들은 백사장에 앉아
모두 한 곳을 바라본다.
육지에 등을 돌리고
그들은 온종일 바다를 바라본다.

선체를 줄곧 세우고
배 한 척이 지나간다.
물 먹은 모래땅이 유리처럼
서 있는 갈매기를 되비친다.

육지는 보다 변화가 많으리라.
하지만 진실이 어디 있건
파도는 해안으로 밀려들고
사람들은 바다를 바라본다.

그들은 멀리 보지 못하며
깊이 보지도 못한다.
하지만 그것에 구애됨이 없이
그들은 오늘도 바다를 지켜본다.

211

달밤

| 아이헨도르프 |

하늘이 조용히
내지와 입 맞추니
피어나는 꽃잎 속에 대지가
이제 하늘의 꿈을 꾸는 것 같았다.

바람은 들판을 가로질러 불고,
이삭들은 부드럽게 물결치고,
숲은 나직하게 출렁거리고,
밤하늘엔 별이 가득했다.

곧이어 나의 영혼은
넓게 날개를 펼치고
집으로 날아가듯,
조용한 시골 들녘으로 날아갔다.

봄

| 빅토르 위고 |

봄이구나, 3월.
감미로운 미소의 달, 4월.
꽃피는 5월, 무더운 6월.
모든 아름다운 달들은 나의 친구들이다.
잠들어 있는 강가에 포플러 나무들
커다란 종려나무들처럼 부드럽게 휘어진다.
새는 포근하고 조용한 깊은 숲에서 파닥거린다.
초록의 나무들이 즐거워하고
해는 왕관을 쓴 듯 힘차게 솟아오른다.
저녁이면 사랑으로 가득 차고
밤이면 거대한 그림자 사이로
하늘이 내리는 축복 아래
영원히 행복한 노래를 부르리.

그녀는 내 눈꺼풀 위에

| 엘뤼아르 |

그녀는 내 눈꺼풀 위에 서 있다.
그녀의 머리칼은 내 머리칼 속에
그녀는 내 손의 모양을 가졌다.
그녀는 내 눈빛을 가졌다.
그녀는 삼켜진다, 내 그림자 속에.

그녀는 언제나 눈을 뜨고 있어
나를 잠들지 못하게 한다.
그녀의 꿈은 훤한 대낮에
태양을 증발시키고
나를 웃기고 울린다.
침묵의 내 입을 열게 만든다.

연인의 바위

| 롱펠로우 |

결코 죽을 수 없는 사랑이 있다.
어떤 사람들은 부서진 가슴으로
각자 운명을 맞이하고

마치 별들이 뜨고 불타고 지는 것처럼
그 사람들도 떠나가 버렸다.

부드럽고 젊고 찬란하고 짧았던
봄에 떨어진 잎새 속에 세월을 묻은 채.

결코 죽을 수 없는 사랑이 있다.
아, 그 사랑은 무덤 너머로 이어진다.
수많은 한숨으로 삶이 꺼지고

대지가 준 것을 대지가 다시 거둘 때
그 사랑의 빛은 싸늘한 바람이 불어도
깨닫지 못한 사람들의 집을 비춘다.

세상에 어떤 일이 일어난대도

| **파슨즈** |

어떤 구름이 당신을 가리워도
난 쫓아버리고야 말겠습니다.
그리고 당신, 당신께 알리겠어요.
내가 이 세상을 사는 동안
어떤 일이 생겨난대도
우리가 함께 살아가며
사랑하는 일보다
더 중요한 것은 없다는 것을.
오늘, 그리고 내일, 아니 날이면 날마다
사랑할 때가 온다면
언제나 햇빛이 비칠 오직 한 사람
그건 당신, 당신입니다.
언제나 함께 있고 싶은 사람이
생기게 된다면
당신도 알 테죠.
그건 당신, 당신뿐이라고.

사랑의 슬픔

| 칼릴 무트란 |

사랑의 순결한 슬픔이여,
온통 사로잡힌 마음이여,

그 고통은 불같으나 달콤하고
그 슬픔 평온 속에 냉정하니
한때의 상처 서글프나 내 그것을 계속하여
간직하려 하네.

내 영혼 치유되었건만

내 안에 내가 찾던 것이 있었네

| 수잔 폴리스 슈츠 |

모두들 행복을 찾는다고
온 세상 헤매고 있지.

하지만 새로운 도전이란
잠시 혼란스럽고 불행하기 마련
마침내 지친 그들은
자기 자신에게로 돌아오지.

내가 찾던 것 있었네.
바로 내 안에 있었네.
행복이란
참다운 나를
사랑하는 이와 나눌 줄 아는 것.

이름 바꾸기

| 나카노르 파라 |

문학 애호가들에게
내 소원을 말하고 싶다.
나는 이름을 다르게 부르고 싶다.
시인은 사물의 이름을 바꾸지 않으면
책무를 다하지 않는 것이다.
무슨 이유로 태양은
줄곧 태양이어야 할까?
천릿길을 가는 장화는
천리화라 부르자.

내 구두는 관을 닮았다.
오늘부터 내 구두를 관이라 부를 것이다.
내 구두의 이름이 바뀌었다고
모두에게 알려라.
내 구두는 지금부터 관이다.

스스로를 잘났다고 믿는 모든 시인은
자신만의 사전을 지녀야 한다.
자신이 원하는 대로
바꾸어 부를 줄 알아야 한다.

그녀는 아름답게 걷는다

| 바이런 |

별이 총총한 구름 한 점 없는 밤하늘처럼
그녀는 아름답게 걷는다.
어둠과 빛의 순수는 모두
그녀의 얼굴과 눈 속에서 만나고,
하늘이 찬연히 빛나는 낮에는 주지 않는
부드러운 빛으로 무르익는다.

그늘 한 점이 더하고 빛이 한 줄기만 덜했어도
새까만 머리칼마다 물결치고
혹은 부드럽게 그녀의 얼굴을 밝혀 주는
형언할 바 없는 그 우아함을 반은 해쳤으리라.

그녀의 얼굴에선 사념이 고요히 감미롭게 솟아나
그 보금자리, 그 얼굴이 얼마나
순결하고 사랑스런가를 말해 주노라.

저 뺨과 이마 위에서
상냥하고 침착하나 힘차게
사람의 마음을 사로잡는 미소,
환히 피어나는 얼굴빛은 말해 준다.

착하게 보낸 지난날을
이 땅의 모든 것과 화목한 마음,
순결한 사랑이 깃든 마음을.

몽스키 공원

| 자크 프레베르 |

천 년 만 년이 걸릴지라도
그대가 내게 입맞춤하고
내가 그대에게 입맞춤하는
그 영원한 순간은
다 말하지 못하지.

겨울 햇살이 내리쬐는 아침
몽스키 공원은 파리의 안
파리는 지구의 한 도시
그리고 지구는 수많은 별들 가운데 하나.

내 사랑은 빨간 장미꽃

| 번즈 |

오, 내 사랑은 유월에 새로이 피어난
빨갛고 빨간 한 송이 장미꽃.
오, 내 사랑은 고운 선율.
곡조 맞춰 달콤히 흐르는 가락.

그대 정녕 아름답다, 나의 귀여운 소녀.
이토록 깊이 나 너를 사랑하노라.
바닷물이 다 말라 버릴 때까지
한결같이 그대를 사랑하리라.

바닷물이 다 말라 버릴 때까지
바위가 햇볕에 녹아 스러질 때까지
한결같이 그대를 사랑하리라.

그럼 안녕, 내 하나뿐인 사랑이여
우리 잠시 헤어져 있을 동안.
천리만리 멀리 떨어져 있다 해도
나는야 다시 돌아오련다.

여행

| 체 게바라 |

여행에는 두 가지 중요한 순간이 있다.

하나는 떠나는 순간이고
또 하나는 도착하는 순간이다.

만일 도착할 때를 계획한 시간과 일치시키려면
어떠한 수단과 방법도 가리지 말라.

모래 위에 쓴 편지

|페트 분|

오늘 같은 그 어느 날,
모래 위에 사랑의 편지를 쓰면서
우리는 시간 가는 줄도 몰랐지.

밀려드는 파도에
모래 위에 쓴 사랑의 편지가 지워질 때
너는 웃었고
나는 울었지.

너는 언제나
진실만을 맹세한다고 했지.
그러던 너였건만
지금 그 맹세는 어디로 갔나.

부서지는 파도에 밀려
모래 위에 쓴 사랑의 편지가 지워질 때처럼
내 마음 지금 한없이 고통스럽다네.

정의

| 에리히 프리트 |

개가
죽는다.
그리고 그 개는
개처럼
죽는다는 것을 안다.

그리고 자기가
개처럼
죽는다는 것을
아는 자는
오직 인간뿐이다.

바람

| 보리스 빠스쩨르나크 |

나는 죽었지만 그대는 여전히 살아 있다.
하소연하며 울부짖으며
바람은 숲과 오두막집을 뒤흔든다.
아주 끝없이 먼 곳까지
소나무 한 그루 한 그루씩이 아닌
모든 나무를 한꺼번에
마치 어느 배 닿는 포구의
겨울 같은 수면 위에 떠 있는 돛단배의 선체를 뒤흔들듯.

따라서 이 바람은 허세나
무의미한 분노에서 연유된 것이 아닌
당신을 위한 자장가와 노랫말을
이 슬픔 속에서 찾기 위함이다.

나는 고뇌의 표정이 좋다
| 디킨슨 |

나는 고뇌의 표정이 좋아.
그것이 진실임을 알기에.

사람은 경련을 피하거나
고통을 흉내 낼 수 없다.

눈빛이 일단 흐려지면 그것이 죽음이다.
꾸밈없는 고뇌가
이마 위에 구슬땀을
꿰는 척할 수는 없는 법이다.

젊은 시인에게 주는 충고

| 릴케 |

마음속의
풀리지 않는 모든 문제들에 대해
인내를 가지라.

문제 그 자체를 사랑하라.
지금 당장 해답을 얻으려 하지 말라.
그건 지금 당장 주어질 순 없으니까.

중요한 건 모든 것을 겪어보는 일이다.
지금 그 문제들을 겪어보라.
그러면 언젠가 먼 미래에
자신도 알지 못하는 사이에
삶이 너에게 해답을 가져다줄 테니.

그대를 만나러 가는 길

| 타고르 |

약속한 그곳으로 나 홀로 만나러 가는 밤.
새들은 노래하지 않고
바람 한 점 없고
거리의 집들도 묵묵히 서 있을 뿐
내 발걸음만 소리를 내고 있습니다.

나는 부끄러움으로 발코니에 앉아
그이의 발걸음소리를 기다리고 있습니다.
나무 하나 흔들리지 않고
세차게 흐르던 물여울조차
잠든 보초의 총처럼 고요합니다.
거칠게 뛰고 있는 것은 오직 내 심장뿐
어떻게 진정할까요?

사랑하는 그대 오시어 내 곁에 앉으면
내 온몸은 마냥 떨리기만 하고
내 눈은 감기고 밤은 곧 어두워집니다.

바람이 살포시 촛불을 꺼버립니다.
구름이 별을 가리며 장막을 드리웁니다.
내 마음속 보석이 반짝반짝 빛납니다.
어떻게 그것을 감추겠습니까?

사랑은 쓰고도 단 것

| 맥도나 |

사랑은 쓰고
사랑은 달다.
둘이 서로 만나기까지 한숨에 젖고
한숨지으며 또다시 만나는 연인들
한숨짓고 만나고
또다시 한숨짓나니.
쓰고 달콤함이여,
오, 가장 달가운 괴로움이여!

사랑은 앞 못 보는 소경.
사랑은 장난꾸러기.
소경에 장난꾸러기인 사랑.
생각은 대담하나 말은 수줍어
대담하고 수줍은 사랑.
대담하다 수줍고 다시 대담해지고.
대담은 달가운 것.
수줍음은 괴로운 것.

용서하는 마음

| 로버트 뮬러 |

일요일에는 자신을 용서하라.
월요일에는 가족을 용서하라.
화요일에는 친구와 동료를 용서하라.
수요일에는 국가의 경제기관을 용서하라.
목요일에는 국가의 문화기관을 용서하라.
금요일에는 국가의 정치기관을 용서하라.
토요일에는 다른 나라들을 용서하라.

잊어버리세요

| 사라 티즈테일 |

잊어버리세요, 꽃을 잊듯이.
잊어버리세요, 한때 세차게 타오르던 불처럼
영원히, 영원히 잊어버리세요.

시간은 친절한 벗.
우리는 세월을 따라 늙어가는 것.
만일 누군가 묻거들랑 대답하세요.
그건 벌써 오래 전 일이라고
꽃처럼 불처럼 아주 먼 옛날
눈 속으로 사라진 발자국처럼 잊었노라고.

키스, 그 말만 들어도

| 알프레드 테니슨 |

아름다움이여
지나가는 세상에서 더없이 감미로움이여!
그대는 어찌하여 내 젊음을 이토록
한숨 속에서 낭비하게 하는가.
그대의 먼발치 끝이라도 머물기를 원했다, 나는.
그대의 눈동자는 감히 바라볼 수 없음을
나는 알고 있다.

내 그대의 손에
키스할 수만 있다면……
그러나 나는 그대를 포옹할 수도 없으며
감히 말 한마디 건넬 수조차 없다.
키스할 생각만 해도
내 정신은 아득히 굴러 떨어진다.
키스 그 말 자체가
나의 내면 깊은 곳의 영혼을 울린다.

우리 사랑은

| E. 스펜서 |

어느 날 나는 그녀의 이름을 백사장에 썼으나
파도가 밀려와 씻겨 버리고 말았네.
나는 또다시 그 이름을 모래 위에 썼으나
다시금 내 수고를 삼켜 버리고 말았네.
그녀는 말하기를 우쭐대는 분, 헛된 짓을 말아요.
언젠가 죽을 운명인데 불멸의 것으로 하지 말아요.
나 자신도 언젠가는 파멸되어 이 모래처럼 되고
내 이름 또한 그처럼 지워지겠지요.

나는 대답하기를, 그렇지 않소.
천한 것은 죽어 흙으로 돌아갈지라도
당신은 명성에 의해 계속 살게 되오리다.
내 노래는 비할 바 없는 당신의 미덕을 길이 전하고
당신의 빛나는 이름을 하늘에 새길 것이오.
아아, 설령 죽음이 온 세계를 다스려도
우리 사랑은 남아 영원한 생명을 얻게 되오리다.

당신을 만나기 전에는
|핀|

누군가를 사랑한다는 것이
그렇게도 기쁜 느낌일 거라고는
난 당신을 만나기 전에는 미처 몰랐어요.
그토록 자연스러운 대화와
그토록 변함없는 도움과
그토록 완전한 믿음을
내가 경험하게 되리라고는
난 당신을 만나기 전에는 미처 몰랐어요.

나 자신을 바침으로써
그토록 더 많은 것들을
되돌려 받으리라고는
난 당신을 만나기 전에는 미처 몰랐어요.
내가 사랑한다는 말을 할 수 있으리라고는
또 당신께 그 말을 할 때
그 말의 뜻이 그처럼 깊으리라고는
난 당신을 만나기 전에는 미처 몰랐어요.

이별

| **포르** |

바닷가로 나아가
마지막 이별의 입맞춤을 보내드리오리다.

바닷바람 거센 바람이
입맞춤쯤은 날려 버릴지도 모르겠습니다.

그러면 이별의 징표로
이 손수건을 흔들어 보내드리오리다.

바닷바람 거센 바람이
손수건쯤은 날려 버릴지도 모르겠습니다.

그러면 배 떠나는 그 날에
눈물을 흘리며 보내 드리오리다.

바닷바람 거센 바람이
눈물쯤은 이내 말려버릴지도 모르겠습니다.

아, 그러면 언제까지나
잊지 않고 기다려 드리오리다.

그대여, 내가 드릴 수 있는 사랑은
이것뿐일지 모르겠습니다.

카스타에게

| 구스타포 A. 베케르 |

그대 한숨은 꽃잎의 한숨.
그대 목소리는 백조의 노래.
그대 눈빛은 해님의 빛남.
그대 살결은 장미의 그것.
사랑을 버린 내 마음에
그대 생명과 희망을 주었네.
사막에 자라는 한 송이 꽃과 같이
내 생명의 광야에 살고 있는 그대.

우리 둘이는

| 엘뤼아르 |

우리 둘이는 서로 손을 맞잡고
어디서나 마음 속 깊이 서로를 믿는다.
아늑한 나무 아래 어두운 하늘 아래
모든 지붕 아래 난롯가에서,
태양이 내리쬐는 빈 거리에서,
민중의 망막한 눈동자 속에서,
현명한 사람이나 어리석은 사람들 곁에서라도
어린 아이들이나 어른들 틈에서라도
사랑은 아무것도 감추지 않고
우리들은 그것의 확실한 증거이다.
사랑하는 사람들은 마음 속 깊이 서로를 믿는다.

인생

| 샬롯 브론티 |

인생은 사람들 말처럼
어둡기만 한 것은 아니랍니다.
아침에 내린 비는
화창한 오후를 선물하지요.

때론 어두운 구름이 끼지만
모두 금방 지나간답니다.
소나기가 와서 장미가 핀다면
소나기 내리는 것을 슬퍼할 이유가 없지요.
인생의 즐거운 순간은 그리 길지 않습니다.
고마운 맘으로 그 시간을 즐기세요.

가끔 죽음이 끼어들어
제일 좋은 이를 데려간다 한들 어때요.
슬픔이 승리하여
희망을 짓누르는 것 같으면 또 어때요.

희망은 금빛 날개를 가지고 있답니다.
그 금빛 날개는 어느 순간에도
우리가 잘 버티도록 도와주지요.
씩씩하게, 그리고 두려움 없이
힘든 날들을 견뎌내세요.
영광스럽게, 그리고 늠름하게.
용기는 절망을 이겨낼 수 있답니다.

귀향

| 헤르만 헤세 |

나는 이미 오랫동안
타향에 머물렀습니다.

그러나 아직도 지난날의 무거운
짐 속에서 회복하지 못했습니다.

나는 가는 곳마다
넋을 가라앉혀 주는 것을 찾았습니다.

이제 훨씬 진정됐습니다.
그러나 새로이 또 고통을 원하고 있습니다.

오십시오, 낯익은 고통들이여
나는 환락에 싫증이 났습니다.

자, 우리들은 또 다시 싸웁니다.
가슴에 가슴을 부딪치고 싸웁니다.

참된 이름

| 이브 본느프와 |

나는 한때 너였던 이 성을 사막이라 부르리라.
이 목소리를 밤이라고, 너의 얼굴을 부재라고
그리고 네가 불모의 땅 속으로 떨어질 때
너를 데리고 간 번갯불을 허무라고 부르리라.

죽는 일은 네가 좋아하던 나라, 나는 온다.
그러나 영원히 너의 어두운 길을 따라,
나는 너의 욕망, 너의 형태, 너의 기억을 파괴한다.
나는 인정사정없는 너의 적이다.

나는 너를 전쟁이라 부르리라.
그리고 나는 너에 대하여
전쟁 시의 자유행동을 행사하리라.
그리고 나의 두 손 안에는
너의 금 그어진 검은 얼굴을,
그리고 나의 가슴 속에는
천둥 번개 치는 이 나라를 가지리라.

노래

| 자크 프레베르 |

오늘은 며칠일까?
오늘은 내일이지.
귀여운 사람아,
오늘은 일생이야.
사랑스러운 사람아,
우리는 서로 사랑하며 살아간다.
우리는 살면서 서로 사랑한다.

우리는 모른다,
산다는 것은 무엇일까.
우리는 모른다,
하루란 무엇일까.
우리는 모른다,
사랑이란 무엇일까.

별 하나

| 휴스 |

나는 당신의 커다란 별이 좋았다.
당신의 이름을 몰라 부를 수 없었지만
달 밝은 밤,
온 하늘에 깔린 달빛 속에서도
당신은 당신대로 찬란히 빛났다.
오늘밤 휘몰아치는 비바람에
온 하늘을 찾아보아도
바늘만한 빛조차 찾을 수 없어
머리 숙여 돌아오는 길.
버드나무 꼭대기에 걸린
빛나는 당신을 보았다.

진실하라

| 톨스토이 |

어떤 일에서든 진실하라.
신실한 것이 더 손쉬운 것이다.
어떤 일이든
거짓으로 해결하는 것보다는
진실에 의해서 해결하는 편이
보다 신속하게 처리된다.

남에게 하는 거짓말은
문제를 혼란시키고
해결을 더욱 어렵게 할 뿐이다.
그러나 그것보다 더 나쁜 것은
겉으로는 진실한 체하며
자기 자신에게 거짓말을 하는 것이다.

그것은 결국
그 사람의 인생을 망치게 할 것이다.

그리움

|후흐|

만일 그대 곁에 있다면
어떤 고생도 참고 견딜 것입니다.
친구도 집도 이 땅의 모든 호강도 버릴 것입니다.
만일 그대 곁에 있다면.

나는 그대를 그리워합니다.
육지를 그리워하는 밀물처럼
남쪽 나라를 그리워하는 제비처럼
나는 그대를 그리워합니다.

밤마다 외로이 달 아래 서서
눈 쌓인 그 산을 그리는
집 떠난 알프스 아이들처럼
나는 그대를 그리워합니다.

언덕 위로
| 로제티 |

언덕 위로 길이 내내 구불구불하나요?
그럼요, 끝까지 그래요.

오늘 여행은 하루 종일 걸릴까요?
아침에 떠나 밤까지 가야 해요, 내 친구여.

그럼 밤에 쉴 곳은 있을까요?
서서히 저물녘이 되면 집 한 채가 있지요.

어두워지면 어쩜 보이지 않을 수도 있겠네요?
그 집은 틀림없이 찾을 수 있어요.

밤에는 다른 길손들을 만나게 될까요?
먼저 간 사람들을 만나겠지요.

오래 문을 두드려야 하나요?
보이면 불러야 하나요?
당신을 문간에 세워 두지는 않을 겁니다.

여행은 고달프고 힘이 들어요.
평안을 얻게 될까요?
힘들인 대가를 얻게 되겠지요.

나와 찾아온 이들 모두에게
돌아갈 잠자리가 있을까요?
그럼요, 누가 찾아오든 잠자리는 있어요.

당신이 날 사랑해야 한다면
| 브라우닝 |

당신이 날 사랑해야 한다면, 오직
사랑을 위해서만 사랑해 주서요. 그리고 부디
'미소 때문에, 미모 때문에, 부드러운 말씨 때문에
그리고 또 내 생각과 잘 어울리는 재치 있는 생각 때문에
그래서 그런 날엔 나에게 느긋한 즐거움을 주었기 때문에
저 여인을 사랑한다'고는 정말이지 말하지 마세요.

이런 것들은 그 자체가 변하거나
당신을 위해 변하기도 합니다.
그러기에 그처럼 짜인 사랑은
그처럼 풀려 버리기도 한답니다.

내 뺨의 눈물을 닦아 주는 당신의
사랑어린 연민으로도
날 사랑하진 마세요.
당신의 위안을 오래 받았던 사랑은 울음 잊게 되고
그래서 당신의 사랑을 잃게 될지도 모르니까요.

오직 사랑을 위해서만 날 사랑해 주세요.
언제까지나 언제까지나
당신이 사랑을 누리실 수 있도록,
사랑의 영원을 통해.

경쾌한 노래

| 엘뤼아르 |

나는 앞을 바라보았네.
군중 속에서 그내를 보았고

밀밭 사이에서 그대를 보았고
나무 밑에서 그대를 보았네.

내 모든 여정의 끝에서
내 모든 고통의 밑바닥에서

물과 불에서 나와
내 모든 웃음소리가 굽이치는 곳에서

여름과 겨울에 그대를 보았고
내 집에서 그대를 보았고

내 두 팔 사이에서 그대를 보았고
내 꿈속에서 그대를 보았네.

대장의 접시

| 체 게바라 |

식량이 부족해 배가 고플수록
분배에 더욱 세심해야 한다.
오늘,
얼마 전에 들어 온 취사병이
모든 대원들의 접시에
삶은 고깃덩어리 두 점과
감자 세 개씩을 담아 주었다.
그런데,
내 접시에는 고맙게도
하나씩을 더 얹어주는 것이었다.
나는 즉시
취사병의 무기를 빼앗은 다음
캠프 밖으로 추방시켜 버렸다.

그는,
단 한 사람의 호감을 얻기 위해
많은 사람들의 평등을 모독했으니.

나 갈구하네, 마음은 항상 그대로이길.
그 아픔 정녕 싫지 않았던 것이기에.

255

인생

| 플라텐 |

세상이 어떤 것인지 알 사람 누구인가.
사람들 모두 반생을 꿈속에 지내며
중병에 걸린 환자처럼 무리 속에서
어리석은 사람들과 허튼 말을 나누면서
사랑이란 번민에 빠져 괴로워하는 것.
그다지 생각도 못하고 하는 일도 없이
건들건들 놀다가 죽는 것.

그날이 와도

| 하인리히 하이네 |

그리운 이여,
그대가 캄캄한 무덤 속에 누워 있다면
나도 무덤으로 내려가
그대 곁에 누우리.

그대에게 입 맞추고 껴안으리.
아무 말 없는, 싸늘한 그대
환희에 몸을 떨며 기쁨의 눈물 적시리.
이 몸도 함께 주검이 되리.

한밤에 일으킨 많은 주검들
보얗게 무리지어 춤을 추누나.
우리 둘은 무덤 속에 남아
서로 껴안고 가만히 누워 있으리.

고통 속으로, 기쁨 속으로
심판의 날 다가와 주검을 몰아친다 해도
우리는 아랑곳없이
서로 안고 무덤 속에 누워 있으리.

키스

| 그릴파르처 |

손 위에 하는 것은 존경의 키스
이마 위에 하는 깃은 우정의 키스
뺨에 하는 것은 감사의 키스
입술에 하는 것은 사랑의 키스
이마 위에 하는 것은 우정의 키스
감은 눈 위에 하는 것은 기쁨의 키스
손바닥에 하는 것은 간구의 키스
팔과 목에 하는 것은 욕망의 키스
그 밖에 다른 곳에 하는 것은 모두 미친 짓.

오네요, 아련한 피리 소리

| 빅토르 위고 |

오네요, 아련한 피리 소리.
과수원에서 들려와요.
한없이 고요한 노래,
목동의 노래.

바람이 지나가요, 떡갈나무 그늘.
연못 어두운 거울에
한없이 즐거운 노래,
새들의 노래.

괴로워 말아요, 어떤 근심에도
우리 사랑할지니.
가장 매혹적인 노래,
사랑의 노래.

사랑이란 가혹한 것

| 칼릴 지브란 |

꽃을 한 송이 심고
밭 하나를 통째로 뿌리를 뽑아버리는 사랑.
하루 동안 우리들을 되살려 놓았다가는
영원히 정신을 잃게 만드는
사랑이란 얼마나 가혹한 것인가.

쌀 찧는 소리를 들으며

| 호치민 |

쌀은 찧어질 때
몹시도 아프겠지만
다 찧어진 뒤엔
솜처럼 새하얗다.
사람의 세상살이도
이와 같은 것
고난은 너를 연마하여
보석이 되게 한다.

메리에게

| 클레어 |

너는 나와 함께 자고 함께 눈을 뜨는데
나 있는 곳에는 없구나.
나는 내 품에 너를 향한 그리움을 가득 안고
한낱 공기만을 품을 뿐이다.
네 모습은 보이지 않는데
네 눈은 나를 바라보고 있고
아침이나 낮이나 그리고 또 밤에도
내 입술은 언제나 네 입술에 닿아 있다.

애정의 숲

| 폴 발레리 |

우리는 순수한 것을 생각했었지.
나란히 길을 걸어가며
우리는 서로 손을 잡았었지.
말없이 이름 모를 꽃들 사이에서.

우리는 약혼한 사이처럼 걷고 있었지.
단둘이서, 풀밭의 초록빛 어둠 속을.
그 꿈나라의 열매를 우리는 나눠 갖고 있었지.
실성한 사람들에게 정다운 그 달을.

그리고 나서 우리는 이끼 위에 쓰러졌지.
아주 멀리 떨어져, 단둘이서, 그 속삭이는
아늑한 숲의 다정한 그늘 사이에서.

그리고 높은 하늘 가없는 빛 속에서,
울고 있는 서로를 우린 깨달았지.
오, 정다운 벗, 침묵의 벗이여.

그대가 있다는 이유만으로도

| T. 제프란 |

그대가 이 세상에 있다는 이유만으로도
내 눈에 비친 세상은 더없이 눈부십니다.

그대와 함께 이 세상을 살아가는 나는
살아 있다는 것만으로도 행복에 겹습니다.

세상이 무너져 버린다 해도
그대가 있다면 나는 아무 상관없습니다.

그대는 이 세상에 존재하는 또 다른 나의 세상.
그대의 마음속은 내가 다시 태어나고 싶은 세계입니다.

그대가 존재한다는 것은 내가 살아가야 할 이유입니다.
그대와 함께 이 세상을 살아간다는 이유는
영원히 내가 그대를 사랑해야 할 이유입니다.

찻집

| 에즈라 파운드 |

그 찻집의 소녀는
예전만큼은 예쁘지 않네.

팔월이 그녀를 쇠진케 했지.
예전만큼 층계를 열심히 오르지도 않네.

그래, 그녀 또한 중년이 되겠지.
우리에게 과자를 날라줄 때
풍겨 주던 청춘의 빛도

이젠 더 이상 볼 수 없겠네.
그녀 또한 중년이 되겠지.

사랑은 수수께끼

|샤퍼|

사랑은 강요할 수 없는 것.
그러나 영원힐 수 있는 것.

사랑은 대가를 치르고 얻을 수 없는 것.
그러나 놀라운 선물처럼 받을 수 있는 것.

사랑은 요구할 수 없는 것.
그러나 기다릴 수는 있는 것.

사랑은 만들어낼 수 없는 것.
그러나 성장할 여건은 조성할 수 있는 것.

사랑은 재촉할 수 없는 것.
그러나 자연스레 흘러나올 수 있는 것.

사랑은 기대할 수 없는 것.
그러나 갈구할 수는 있는 것.

사랑은 알 수 없는 것.

우리가 가끔씩 되돌아보아야만 알 수 있는
갖가지 가면을 쓰고 나타난다.
그러나 사랑은
언제나 사랑 그 자체를 훨씬 넘어
사랑의 기원과 그 목적을 가리키고 있다.

연인에게로 가는 길

| 헤르만 헤세 |

아침은 신선한 눈을 뜨고
세상은 이슬에 취하여 반짝인다.
금빛으로 그를 감싸고
생생한 빛을 향하여.

나는 숲속을 거닐며
재빠른 아침과 발을 맞추어
열심히 걸음을 재촉한다.
아침이 나를 아우처럼 동행시킨다.

누런 보리밭에
뜨겁게 드리운 대낮이
쉼 없이 길을 재촉하는
나를 바라보고 있다.
조용한 저녁이 오면
나는 목적지에 닿으리라.
대낮이 그렇듯이
귀여운 이여,
너의 가슴에 타 버리리라.

술 노래

| 예이츠 |

술은 입으로 들고
사랑은 눈으로 든다.
우리가 늙어서 죽기 전에
알아야 할 진실은 그것뿐.
나는 내 입으로 잔을 가져가며
그대를 바라보고 한숨짓는다.

안개

| 샌드버그 |

안개가 내리네.
작은 고양이 발에.

안개는 조용히 앉아
항구와 도시를 허리 굽혀
말없이 바라보다가
어디론가 떠나가네.

미인은 화장한 지옥

| 토머스 캠피온 |

오, 미인이란 곱게 화장한 지옥.
자기를 숭배하는 자에게 상처를 주고
자기를 탐내는 자를 죽이는 자객.

미인의 자만심의 불길에 부채질해보라.
이 세상에 그 불길처럼 잔인한 것은 없다.

오, 헛된 욕망이 드러난 슬픔에게서 눈물을 빌려왔으니
동정심은 모든 가슴에서 달아나버렸다.

굳은 맹세는 깨어지고,
사랑마저도 잔인해지고,
미인은 제멋대로다.

오, 슬픔이 웃고 복수의 여신이 노래한다.
미칠 듯 타오르는 비탄에 겨워 우노니
나는 너무나도 진실한 애인으로 살아왔노라.
슬픔이 이토록 깊다 보면 정말로
미치고야 마는 것인가.

검소한 아내를 맞기 위한 기도

| **프랑시스 잠** |

신이여,
저에게 검소하고 정다운 여인을 아내로 맞게 하여 주소서.
저의 마음속 깊은 곳에 자리 잡을 친구이게 하소서.
서로 손을 맞잡고 잠들게 하소서.
서로 포옹하고 웃음 짓고
침묵할 수 있는 마음을 갖게 하소서.
제가 죽는 날
아내가 뜬 눈을 감겨 주도록 하소서.
저의 마지막 순간에
무릎 꿇고 기도할 수 있는 아내를 맞게 하소서.

내 눈을 감겨 주오

| 릴케 |

내 눈을 감겨 주십시오.
그래도 나는 그대 모습을 볼 수 있습니다.
내 귀를 막아 주십시오.
그래도 나는 그대 목소리를 들을 수 있습니다.
발이 없어도 그대에게 갈 수 있고
입이 없어도 그대에게 애원할 수 있습니다.
내 팔을 꺾어 주십시오.
그래도 나는 그대를 안을 수 있습니다.
손으로 안듯이 심장으로 안을 수 있습니다.
내 심장을 멎게 해 주십시오.
그래도 나의 피로 그대를 사랑할 수 있습니다.

운명의 칼날에 이를 때까지

| 셰익스피어 |

진실된 마음의 사랑 앞에
장애물을 놓지 말리.
감추는 무엇이 발견되었을 때 변하는 사랑이라면
그건 사랑이 아니라네.

사랑은 영원히 고정된 하나의 표적.
사나운 비바람에도 흔들리지 않는 바위.
방황하는 모든 배들에게 밤하늘의 별과 같은 것.
그 높이는 알 수 있어도
그 가치의 깊이는 정녕 알 수 없어라.

사랑은 세월의 어릿광대가 아니라네.
장밋빛 입술과 뺨이 자신의 굽어진 낫에 베일지라도
사랑은 짧은 몇 시간, 몇 주 사이에 변하지 않으리니.
운명의 칼날에 이를 때까지
사랑은 지지를 얻는다.

만일 이것이 틀리고
또 틀린 것이 입증된다면
나는 결코 이렇게 쓰지 않았을 것이요,
지금까지 사랑을 한 사람이라곤
아무도 없었을 것이네.

사랑은 능동적인 에너지원

| 셀드레이크 |

생명은 보이지 않는
에너지의 작용으로 살아가고 있습니다.
그러므로 주위 사람이나
주위에서 일어나는 일에 대해
항상 주의를 기울여야 합니다.

이건 아주 중요한 일입니다.
본다는 것은 영향을 끼친다는 말입니다.
우리는 이런 사실을 잘 알고 있으면서도
실천하지 않는 경향이 있습니다.

가정에서는 부모가
자식에게 주의를 기울이는데
그와 똑같은 일이라 할 수 있습니다.

사랑은 능동적인 에너지원이라면
감사는 수동적인 에너지지요.

내 사랑을 멈출 수 없어요
| C. 사데스 |

그대를 사랑하는 마음
멈출 수 없어요.
그래서 추억으로
간직하기로 마음먹었죠.

그대를 원하는 마음
멈출 수 없어요.
그래서 어제의 꿈속에서
살기로 작정했죠.

비록 오래 전 일이지만
우리의 행복했던 시절은
아직도 나를 우울하게 합니다.

세월이 흐르면
마음의 상처도 지워진다지만
우리가 이별한 순간부터
시간은 흐르지 않고
그대로 고여 있습니다.

언제나 서로에게 소중한 의미이기를
| 세리 도어티 |

그대가 나를 얼마나 생각하는지
그대의 두 눈을 보면 알 수 있지요.
그대가 나를 사랑하고 있다는 것을
나는 너무나 잘 알고 있어요.

내 가슴속에서 그대에게 느끼는
다정다감한 감정을 모두 표현하기란
쉽지 않다는 것을 알아주세요.

낮이나 밤이나
일 년 내내 어느 때나
내 마음은 언제나 한결 같아요.

앞으로 또 여러 해가 지난 후에도
우리 두 사람은
언제나 서로에게
이만큼의 의미를 지니도록 기도 드려요.

사랑이란
| **칼릴 지브란** |

사랑은 늙은 노인처럼 단순하고 순진한 것.
어느 봄 날 오래된 참나무 그늘 안에
함께 앉아 있는 것입니다.
사랑은 일곱 개의 강 너머 시인을 찾아
아무 바라는 것 없이 그 앞에 서는 것입니다.

사랑은,
그 사랑이 당신을 절벽 끝으로 이끌어도
따라가는 것입니다.
사랑에게 있는 날개가 당신에게는 없을지라도
사랑 없는 삶은 아무것도 아니므로
그를 따라야 합니다.
함정에 빠져 조롱당할지라도
더 높은 곳에서 이를 내려다보며 미소 짓고
머지않아 봄이
당신의 이파리 위에서 춤추기 위해 찾아올 것임을,
멀지 않아 눈부신 가을이
당신의 포도를 익히기 위해 찾아올 것임을,
잊지 않는 것입니다.

사랑

| 클라우디우스 |

사랑을 방해하는 것은 아무것도 없다.
사랑은 문짝도 빗장도 잠그지 못한다.
사랑은 무엇이든 꿰뚫고 간다.
사랑은 시작이 없다.
사랑은 항상 날개를 퍼덕이고 있다.

감각

| 랭보 |

여름의 푸른 저녁이면
나는 오솔길로 갈 거예요.
발을 찌르는 잔풀을 밟으며
나는 꿈꾸는 사람이 되어 발치에서 신선한
그 푸름을 느낄 거예요.
바람이 내 머리를 흐트러뜨리도록
내버려둘 거예요.

나는 말하지 않을래요.
아무 생각도 않을래요.
그저 내 영혼 속으로 끝없는 사랑이
솟아오를 거예요.
그리고 나는 아주 멀리 떠날 거예요.
마치 보헤미안처럼.
자연을 따라
마치 어느 여인과 함께 하듯이
마냥 행복할 거예요.

내가 살아가는 이유

| 체 게바라 |

그것은,
때때로 당신이
살아가는 이유이기도 하다.

나무들

| 킬머 |

나무처럼 사랑스러운 시를 결코
볼 수 없으리라고 나는 생각한다.

단물 흐르는 대지의 젖가슴에
굶주린 입술에 대고 있는 나무.

하루 종일 잎새 무성한 팔을 들어
하느님께 기도 올리는 나무.

여름날이면 자신의 머리카락에다가
방울새의 보금자리를 틀어 주는 나무.

가슴에 눈을 쌓기도 하고
비하고도 다정하게 사는 나무.

나 같은 바보도 시를 짓지만
나무를 만드시는 분은 오직 하나님.

기쁨과 슬픔

| 칼릴 지브란 |

그대의 기쁨이란 가면을 벗은 바로 그대의 슬픔.
웃음이 떠오르는 바로 그 샘이
때론 눈물로 채워진다.
그렇지 않겠는가.
그대의 존재 내부로 슬픔이 깊이 파고들수록
그대의 기쁨은 더욱 커지리라.

도공의 가마에서 구워진 그 잔이
바로 그대의 포도주를 담는 잔이 아닌가?
칼로 후벼 파낸 그 나무가
그대의 영혼을 달래는 피리가 아닌가?

그대여, 기쁠 때 가슴속을 깊이 들여다보라.
그러면 깨닫게 되리라.
그토록 기쁨을 주었던 바로 그것이
바로 그대의 슬픔의 원천임을.

그대여, 슬플 때에도 가슴속을 들여다보라.
그러면 깨닫게 되리라.
그토록 기쁨을 주었던 바로 그것 때문에
그대가 눈물 흘리고 있음을.

사람들은 이상하다

| 짐 모리슨 |

네가 이방인일 때
사람들은 이상하다.
네가 외로울 때
사람의 얼굴은 험악해 보인다.
남들이 그녀를 원하지 않을 때
여자는 사악해 보인다.
네가 침통할 때
길은 울퉁불퉁하다.
네가 이상할 때
아무도 너의 이름을 기억하지 않는다.

팔리지 않는 꽃

| 알프레드 E. 하우스먼 |

땅을 일구고 잡초를 뽑고 하여
활짝 피운 꽃을 시장에 가져갔네.
그러나 아무도 사 가는 이가 없어
집으로 가져왔지만 그 빛깔이 너무 찬란하여
몸을 치장할 수도 없었네.

나 이제 그 꽃씨를 거두어 이곳저곳에 뿌리나니
내 죽어 그 아래 묻혀서
아는 이들의 기억에서조차 까마득히 잊히고 말았을 때
나와 같은 젊은이가 볼 수 있게 하기 위해서라네.

새싹이 돋는 새봄이 올 때마다
한 해도 어김없이 꽃을 보여줄 것이며
내 죽어 이미 사라지고 만 뒤에는
어느 불행한 젊은이의 가슴에 장식할 수 있으리라.

어느 개의 묘비명

| 바이런 |

이곳에 어느 개의 유해가 묻혔도다.
그는 아름다움을 가졌으되 허영심이 없고
힘을 가졌으되 거만하지 않고
용기를 가졌으되 잔인하지 않고
인간의 모든 덕목을 가졌으되 그 악덕은 갖지 않았다.
이러한 칭찬이 인간의 유해 위에 새겨진다면
의미 없는 아부가 되겠지만
이 개의 영전에 바치는 말로는 정당한 찬사이리라.

고요히 머물며 사랑하기

| 테클라 매를로 |

누구나 잘못할 수 있지만
누구나 솔직할 수 있는 것은 아닙니다.

그러나 진실한 사람의 아름다움은
무엇과도 비할 수 없습니다.

솔직함은 겸손이고,
두려움 없는 용기입니다.
잘못으로 부서진 것을 솔직함으로 건설한다면
어떤 폭풍우에도 견뎌낼 수 있을 것입니다.

가장 연약한 사람이 솔직할 수 있으며,
가장 여유로운 사람이 자신의 모습을 볼 수 있고,
자신을 아는 사람만이 자신을 드러낼 수 있습니다.

한 시간의 기다림은
| 디킨슨 |

한 시간의 기다림은
길다.
만일 사랑을 기다리고 있는 것이라면.

영원한 기다림은
짧다.
만일 사랑이 종말을 향해 가고 있는 것이라면.

높은 곳을 향해
| 브라우닝 |

위대한 사람이 단번에 그와 같이
높은 곳에 뛰어 오른 것은 아니다.

동료들이 단잠을 잘 때
그는 깨어서 일에 몰두했던 것이다.
인생의 묘미는 자고 쉬는 데 있는 것이 아니라,
한 걸음 한 걸음 앞으로 나아가는 데 있다.

무덤에 들어가면 얼마든지 자고 쉴 수 있다.
자고 쉬는 것은 그때 가서 실컷 하도록 하자.
살아 있는 동안은 생명체답게 열심히 활동하자.
잠을 줄이고 한걸음이라도 더 빨리 더 많이 내딛자.
높은 곳을 향해, 위대한 곳을 향해.

이 사랑

| **자크 프레베르** |

이토록 격렬하고
이토록 연약하고
이토록 부드럽고
이토록 절망하는 이 사랑.

대낮처럼 아름답고
나쁜 날씨에는 나쁜 날씨처럼 나쁜
이토록 진실한 이 사랑
이토록 아름다운 이 사랑.

이토록 행복하고
이토록 즐겁고
어둠 속의 어린애처럼
무서움에 떨 때는
이토록 보잘 것 없고

한밤에도 침착한 어른처럼
이토록 자신 있는 이 사랑.

다른 이들을 두렵게 하고
다른 이들을 말하게 하고
다른 이들을 질리게 하던
이 사랑.

오월의 마술

| M. 와츠 |

작은 씨 하나
나는 뿌렸죠.

흙을 조금
씨가 자라게
조그만 구멍
토닥토닥

잘 자라라고 기도하면
그만이에요.

햇빛을 조금
소나기 조금
세월이 조금
그러고 나면 꽃이 피지요.

지금 이 순간

| 피터 맥윌리엄스 |

그대에 대한 나의 사랑을
글로는 이루 다 표현할 길이 없다네.
적절한 어휘와 구절들을
찾을 길이 없네.

나는 분별력을 잃어버렸네.
그대를 만난 이후로는
그저 모든 것이 행복에 겨워.

사랑하기 때문에 그대를 원하는지, 아니면
그대를 원하기에 사랑하는 것인지
알 길이 없네.

다만 내가 알고 있는 것은
그대와 같이 있기를 좋아하고
그대를 생각하면 행복해진다는
지금 이 순간 내 사랑은
그대와 함께 있네.

소네트 29

| 셰익스피어 |

운명에 버림당하고 세상의 사랑을 얻지 못하여
나 혼자서 처량한 내 신세를 탄식하며
대답 없는 하늘을 향해 헛되이 외쳐보고
나 자신을 돌보며 운명을 저주하고
희망으로 가득 한 사람들을 부러워하고
잘생긴 사람과 친구 많은 사람을 시샘하고
이 사람의 재간과 저 사람의 능력을 탐내며
나와 나의 것에 대하여 전혀 만족하지 못할 때
이렇듯 생각 속에 자신을 경멸할 때에도
어쩌다 그대를 생각하면
내 신세는 새벽녘 우울한 대지로 솟아오르는
종달새 되어 천국의 문턱에서 노래한다.
그대의 그 달콤한 사랑으로 내 마음은 부유하니
나는 내 신세를 왕과도 바꾸지 않으리라.

사랑의 비밀

| 블레이크 |

사랑을 말하려 하지 말지니
사랑은 말로 할 수 없는 것이라.
어디서 생기는지 알 수도 없고
눈에도 보이지 않는 바람 같은 것

내 일찍이 내 사랑을 말하였지.
내 마음의 사랑을 말하였더니
그녀는 새파랗게 질려 떨면서
내 곁을 떠나고야 말았네.

그녀가 내 곁을 떠나간 뒤에
나그네 한 사람이 다가오더니
어디로 가는지 알 수도 없게
한숨지으며 그녀를 데려갔다네.

한 순간만이라도

| 도나 뽀쁘헤 |

단 한 순간만이라도
그대와 내가
서로 뒤바뀌었으면 좋겠어요.
그래야 그대가 알게 될 테니까요.
내가 그대를
얼마나 사랑하고 있는지를요.

사랑의 노래

| 수잔 폴리스 슈츠 |

나의 몸은
사랑의 저녁노을 속에 타오르는
불덩이입니다.
천둥번개,
그리고 지진이라도
당신에 대한 나의
열정보다는 뜨겁지 못합니다.

나의 심장은
우리의 사랑을 향한 불덩이입니다.
푸른 하늘과 무지개
그리고 꽃들도
당신에 대한 나의 사랑만큼
아름답지 못합니다.

나는 이런 사람

| 자크 프레베르 |

나는 이런 사람
이렇게 태어났지.
웃고 싶으면
큰소리로 웃고
날 사랑하는 이를 사랑하지.

내가 사랑하는 사람이
매번 다르다 해도
그게 어디 내 탓인가.

나는 이런 사람
이렇게 태어났지.
하지만 넌 더 이상 무엇을 바라나.
이런 내게서.

나는 하고 싶은 걸 하도록 태어났지.
바뀔 건 단 하나도 없지.

아무리 그렇다 해도
나는 이런 사람
난 내 마음에 드는 사람이 좋은 걸
네가 그걸 어쩌겠나.

그래 난 누군가를 사랑했지.
누군가가 날 사랑했었지.
어린 아이들이 서로 사랑하듯이
오직 사랑밖에는 할 줄 모르듯이
서로 사랑하고 사랑하듯이.
왜 내게 묻는 거지?
난 너를 즐겁게 하려고 이렇게 있고
바뀐 건 아무 것도 없는데.

수녀는 수녀원의

| 워즈워드 |

수녀는 수녀원의 방이 좁다 속 태우지 않고
은자는 그들의 암자면 족하며
학도는 명상에 잠긴 글방이면 족하고
아가씨는 물레에, 베 짜는 이는 베틀에 앉으면 행복하다.
정녕 스스로 의지 삼는 감옥은 아니리라.
하여 나에게는 갖가지 심정으로
몇 줄의 시의 좁은 터전에 얽매임에도 즐겁기만 하네.

눈

| 구르몽 |

시몬, 눈은 네 목처럼 희다.
시몬, 눈은 네 무릎처럼 희다.

시몬, 네 손은 눈처럼 차다.
시몬, 네 마음은 눈처럼 차다.

눈을 녹이는 데 불의 키스.
네 마음을 녹이는 데는 이별의 키스.

눈은 슬프다, 소나무 가지 위에서
네 이마는 슬프다, 네 밤색 머리카락 아래서

시몬, 눈이 정원에 잠들어 있다.
시몬, 너는 나의 눈 그리고 나의 연인.

자주 보는 꿈

| 베를렌 |

이상하게도 가슴 설레는 이 꿈을 나는 자주 꿉니다.
내가 사랑하고, 그리고 나를 사랑해 주는
그러면서 누군지도 모르는 한 여자입니다.
볼 적마다 항상 다르나 그렇다고 전혀 다른 사람도
아닌
그러면서 나를 사랑하고 나를 이해해 주는 한 여자입
니다.
그 여자에게만 내 마음은 환히 드러나 보입니다.
그 여자에게만 내 마음은 알 수 있는 것이 됩니다.
창백한 내 이마의 진땀을 그 여자만이
그녀의 눈물로 깨끗이 해 줄 수 있습니다.

그 여자의 머리카락 빛깔도
사실은 모르고 있습니다.
그 여자의 이름조차 생각해낼 수가 없습니다.
그것이 다만 한결같은 사랑만 속삭이던 옛 연인들의
이름처럼
그렇게 고운 소리를 가지고 있다고 말할 수밖에는.
그 여자의 눈짓은 조각상의 그것과도 같습니다.
그리고 멀리 끊어질 듯 그러나 엄숙하게 울려오는
지금은 입 다물어 버린 그리운 목소리를 듣는 것 같
습니다.

남다른 사랑을

| 샤퍼 |

그대여, 우리는 마치 서로의 모든 것을
속속들이 다 알고 있다는 듯 살아가는
부부가 되지 맙시다.
그런 부부는 상대방을
너무나 잘 알고 있다고 생각하기에
할 말이 없고 그저 참고 견디며
그럭저럭 살아가고 있는 듯 보입니다.

자신들도 모르는 사이 그들은
죽어 있는 삶을 살아가고 있는지도 모릅니다.
그래서 그 무기력함을 감추려고
애써 재미를 찾아 나서고
애써 유쾌함을 가장하지요.

그들도 젊어서는 사랑한다고 여겼고
아니 진정 사랑했을 테지요.
그러나 그들은 한 가지 중요한 것을 놓친 것입니다.
사랑도 성장해가는 것이라는 것을.

아주 조심스럽게, 아주 섬세하게
가꾸어 나가야 한다는 것을.
사랑은 세심하게 마음을 쓰지 않으면
지속될 수 없다는 것을.
사랑이 얼마나 약하고,
상처 입기 쉬운 것인지를 몰랐던 것입니다.

그대여, 우리의 사랑은
그저 같은 솥의 밥을 먹는 관계로 전락해서는 안 됩니다.
그러기 위해 우리는 부단히
매일 사랑의 창조를 해나가야 합니다.
그렇지 않으면 우리의 사랑도
마지못해 끌려가는 생활로 전락해버리고 말 것입니다.

어느 남자에 대한 발라드

| 볼프 비어만 |

옛날에 어떤 남자가 있었는데
그 사람은 발로
맨발로
똥 무더기를 밟았다네.

그는 몹시 구역질을 했다네.
자기 한 발 앞에서
그는 이 발로는
조금도 더 걷고 싶지 않았네.

그런데 거기 그 발
씻을 물이 없어
그 한 쪽 발 씻을
물조차 없어

그래서 그 남자는 도끼를 들어
그 발을 잘랐다네.
그 발을 잘랐다네.

황급히 도끼로 잘라버렸다네.
너무 서두르다가
그 사람은 그만 깨끗한 발을,
그러니까 틀린 발을
황급히 잘라버렸다네.

그러자 홧김에
그 사람은 결심을 해버렸네.
다른 발도 마저
도끼로 자르겠다고.

사랑과 괴로움

| 하인리히 하이네 |

너는 말끔하게 망각했구나,
네 마음이 오랫동안 내 것이었던 사실을.
세상에 둘도 없을 달콤한 가슴,
믿겨지지도 않을 귀여운 가슴.

너는 깨끗이 잊고 말았구나,
그렇게도 내 마음을 억누르던 사랑을.
사랑이 괴로움보다 더 큰 것이던가.
둘 다 같았던 것으로 기억하고 있을 뿐인데.

추수하는 아가씨

| 워즈워드 |

보아라, 혼자 넓은 들에서 일하는
저 아일랜드 처녀를.
혼자 낫질하고 혼자 묶고
처량한 노래 혼자서 부르는 저 처녀를.

여기에서 잠시 쉬든지 가만히 지나가라
들으라, 깊은 골짜기 넘쳐흐르는 저 소리를.

저 처녀 무슨 노래를 부르는지
말해 주는 이 없는가.

저 슬픈 노래는
오래된 아득한 불행
그리고 옛날의 전쟁들

무엇을 읊조리든
그 노래는 끝이 없는 듯
처녀가 낫 위에 허리 굽히고
노래하는 것을 보았네.

이별

| 괴테 |

입으로 차마 이별의 인사를 못해
눈물 어린 눈짓으로 떠난다.
복받쳐 오르는 이별의 서러움
그래도 사내라고 뽐냈지만

그대 사랑의 선물마저
이제 나의 서러움일 뿐
차갑기만 한 그대 입맞춤
이제 내미는 힘없는 그대의 손

살며시 훔친 그대의 입술
아, 지난날은 얼마나 황홀했던가.
들에 핀 제비꽃을 따면서
우리는 얼마나 즐거웠던가.
하지만 이제는 그대를 위해
꽃다발도 장미꽃도 꺾을 수 없어.
봄은 왔건만
내게는 가을인 듯 쓸쓸하기만 하다.

두 개의 꽃다발

| 왈루야띠 |

활짝 핀 꽃으로
향기 나는 꽃다발을 만들었네.
그리고 우리는
저녁놀 지는 들을 지나
즐거운 마음으로 돌아왔네.

교차로에서 우리는 헤어졌네.
꽃다발을 쥔 손은 떨리고
우리가 서로 응시하는 사이에
그 꽃다발은 두 개로 갈라졌네.

네 손에 준 한 묶음의 꽃이 반으로 갈라졌네.
꽃다발을 꼭 쥐고 뛰었네, 그대는.

우리는 헤어졌네, 황혼녘에
그대는 꽃만 가지고 떠났네.
나에게는 그 향기만 남긴 채.

아이들에 대하여

| 칼릴 지브란 |

그대의 아이라고 해서 그대의 아이는 아니오.
아이들은 스스로 갈망하는 삶의 딸이며 아들이니.
아이들이 그대를 거쳐 왔을 뿐
그대로부터 온 것은 아니오.

그러므로 아이들이 지금 그대와 함께 있을지라도
그대에 속해 있는 것은 아니오.
그대는 아이들에게 사랑을 줄 순 있으나
그대의 생각까지 줄 순 없다오.
왜냐하면 아이들에게는 그들 자신의 생각이 있으므로.

그대는 아이들에게 육신이 머무를 집은 줄 수 있으나
영혼이 머무를 집은 줄 수 없다오.
왜냐하면 아이들의 영혼은
그대가 꿈속에서라도 찾아갈 수 없는
내일의 집에 살고 있기에.

그대가 아이들처럼 되려고 애쓸 수는 있지만,
아이들을 그대처럼 만들려고 애쓰지는 마시오.
왜냐하면 삶은 되돌아가지도 않고
어제에 머물러 있지도 않기에.

생일날

| 로제티 |

제 마음은요 싱그러운 숲속에서
고운 노래 부르는 새와 같아요.
제 마음은요 열매의 무게로 가지가 굽은
소담스런 사과나무와 같아요.
제 마음은요 그보다도 한결 밝답니다.
사랑하는 그이가 오셨거든요.

비단과 털을 써서 강단을 만들고
홍포와 다람쥐털 걸어 주세요.
비둘기와 석류를 새겨 넣으시고
눈꽃무늬 백 개 달린 공작새도요.
금빛 은빛 포도송이 수놓으시고
잎새와 백합꽃도 그려 주세요.
오늘은 제 인생 시작되는 날
사랑하는 그이가 오셨거든요.

내가 부를 노래
| 타고르 |

　내 진정 부르고자 했던 노래는 아직까지 부르지 못했습니다.
　악기만 이리저리 켜보다 세월만 흘러갔습니다.

　아직 때가 되지 않았고, 말도 다 고르지 못했습니다.
　준비된 것은 오직 바라는 마음뿐입니다.

　꽃은 피지 않고, 바람만이 한숨 쉬듯 지나갔습니다.
　나는 당신의 얼굴을 보지 못했고,
　당신의 목소리 또한 들어보지 못했습니다.
　내가 아는 것은 오직 내 집 앞을 지나는
　당신의 가벼운 발걸음 소리뿐입니다.

　내 집에 당시의 자리를 마련하는 데 오랜 시간을 보냈습니다.
　하지만 아직 등불을 켜지 못했으니
　당신을 내 집으로 청할 수 없습니다.
　나는 늘 당신을 만날 희망 속에 살고 있습니다.
　그러나 나는 아직도 당신을 만나지 못했습니다.

고독

| 릴케 |

고독은 비와 같은 것
저물 무렵 바다에서 올라와
멀고 먼 쓸쓸한 들로부터
언제나 고적한 하늘로 갑니다.

어둠이 사라지는 시각에 비는 내립니다.
일체의 것이 아침으로 향하고
아무것도 찾아내지 못한 육신들이
실망과 슬픔에 잠겨 떠나갈 때
그리고 서로 미워하는 사람들이
같은 잠자리에서 함께 잠을 이루어야 할 때
강물과 더불어 고독은 흘러갑니다.

열등생

| 자크 프레베르 |

그는 머리로는 '아니오'라고 말한다.
그는 마음으로는 '그래요'라고 말한다.
그가 좋아하는 사람에겐 '그래요'라고 말한다.
선생님에게는 '아니오'라고 말한다.
그가 서 있다.
선생님이 그에게 묻는다.
온갖 질문이 그에게 쏟아진다.
갑자기 그가 미친 듯이 웃는다.
그리고 그는 모든 걸 지운다.
숫자와 말과
날짜와 이름과
문장과 함정을
갖가지 색깔의 분필로
불행의 칠판에다
행복의 얼굴을 그린다.
선생님의 꾸중에도 아랑곳없이
우등생들의 야유도 못 들은 척하고.

꽃 피는 언덕에서 눈물짓고

| W. 코이치 |

당신을 사랑해요.
바람에 흔들려
살짝 떨어진 꽃에 파묻힌
구름만이 보고 있군요.

당신이 떠난 지
벌써 일 년의 세월이 흘렀어요.
오늘도 슬픔을 참고
당신에게 호소하지요.

다시 한 번 이 가슴에
돌아와 달라고

살포시 다가올 먼 훗날의 꿈은
언제나 내 가슴 한 켠에 자리 잡고 있어요.

사라지지 않는
당신의 눈동자
슬픔을 참고 이별을 고하던 그 밤

가지 말아요.
헤어지면 잊어버린다고
눈물지으며
당신의 팔에 매달릴 때
꽃이 피고 있었지요.

당신을 사랑해요.
꽃 피는 언덕에서의 달콤한 향기는
추억 속에서도 감미로워요.

낙엽

|헤르만 헤세|

꽃마다 열매가 되려고 하네.
아침은 저녁이 되려고 하네.
변화하고 없어지는 것 외에는
이 세상에 영원한 것은 없다네.

저토록 아름다운 여름까지도
가을이 되어 조락을 느끼려고 하네.
나뭇잎이여, 바람이 그대를 유혹하거든
가만히 끈기 있게 매달려 있어라.
그대의 유희를 계속하고 거역하지 말라.
가만히 내버려다오.
바람이 그대를 떨어뜨려서
집으로 불어가게 하라.

진정으로 사랑한다는 것은

| E. L 쉴러 |

진정
사랑한다는 것은

이별을
눈물로써 대신하는 것이
절대로 아닙니다.

곁에 있던 사람이
먼 길을 떠나는 순간,

사랑의 가능성이
모두 사라져 간다 할지라도
그대 가슴속에 남겨진 그 사랑을 간직하면서
사랑하는 마음을 버리지 않는 것이

진정으로
사랑하는 것입니다.

거리에 비 내리듯

| 폴 베를렌 |

거리에 비 내리듯 내 맘속에 눈물이 내린다.
가슴 속에 스며드는 이 외로움은 무엇인가?

속삭이는 비 소리는 땅 위에, 지붕 위에 내리고
울적한 이 가슴에는 까닭 없는 눈물이 내린다.

사랑도 미움도 없이 내 마음 왜 이다지 아픈지.
이유조차 모르는 일이 가장 괴로운 아픔인 것을.

사랑에 빠질수록 혼자가 되라
| 릴케 |

사랑에 빠진 사람은
혼자 지내는데 익숙해야 하네.
사랑이라고 불리는 그것
두 사람의 것이라고 보이는 그것은 사실
홀로 따로따로 있어야만 비로소 충분히 전개되어
마침내는 완성될 수 있는 것이기에.
사랑이 오직 자기 감정 속에 들어 있는 사람은
사랑이 자기를 연마하는 일과가 되네.
서로에게 부담스런 짐이 되지 않으며
그 거리에서 끊임없이 자유로울 수 있는 것.
사랑에 빠질수록 혼자가 되라.
두 사람이 겪으려 하지 말고
오로지 혼자가 되라.

사랑은

| 오스카 햄머스타인 |

종은 누가 그걸 울리기 전에는
종이 아니다.
노래는 누가 그걸 부르기 전에는
노래가 아니다.
당신의 마음속에 있는 사랑도
한쪽으로 치워 놓아선 안 된다.
사랑은 주기 전에는
사랑이 아니니까.

죽은 뒤
| 로제티 |

커튼은 반만 내려져 있고 마루는 말끔한데
내가 누운 자리 위엔
풀과 로즈마리가 뿌려져 있다.

창가에는 담쟁이 그늘이 기어간다.
그가 내게로 몸을 구부린다. 내가 깊이 잠들어
그가 온 소리를 듣지 못했으리라 여기면서.

'가엾은 것'하고 그가 말한다.
그가 돌아서고 깊은 침묵이 감돌 때
나는 그가 울고 있음을 안다.

그는 내 수의에 손을 잡거나 하지 않는다.
내가 살아 있을 때 그는 나를 사랑하지 않았다.
죽고 난 후에야 가엾이 여긴다.

내 몸은 싸늘하지만
그의 체온이 여전히 따뜻함은 얼마나 기쁜 일인지.

저기 지나가는 여인에게

| 휘트먼 |

저기 가는 여인이여!
내 이토록 당신을 바라보고 있음을 당신은 모릅니다.

당신은 내가 찾고 있던 바로 그 사람
지난 날 나는 당신과 함께
희열에 찬 삶을 누렸습니다.

당신의 몸은 당신의 것만이 아니었고
내 몸 또한 그러했습니다.

당신의 눈, 얼굴, 고운 살은
내게 기쁨을 내게 주었고,
당신은 그 대신 나의 턱수염,
나의 가슴, 나의 두 손에서 기쁨을 얻었습니다.

나는 당신에게 말을 걸어서는 안 됩니다.
나 홀로 앉아 있거나 혹은 외로이 잠 못 이루는
밤에 당신 생각을 해야 합니다.

나는 기다려야 합니다.
당신을 다시 만나게 될 것을 믿으며.
다시는 당신을 잃지 않겠다며 굳게 다짐하며.

가을

| 기욤 아폴리네르 |

안개 속을 간다.
다리가 구부정한 농부와 그의 소중한 소가.
가난하고 부끄러움을 감춰주는 가을 안개 속을.

조용히 걸으며 농부는 노래한다.
상처 입은 마음을 달래주는
사랑의 노래를.

가을, 가을이 여름을 죽였네.
가을, 가을이 여름을 죽였네.

안개 속을 간다.
두 개의 잿빛 그림자가.

오, 사랑이여

| 프란시스 카르코 |

사랑하는 사람아,
그대는 어느 곳에 있는가.
내 시 속에 말고 또 어디에 있는가.
지금은 겨울, 겨울에 묻어오는
어둡고 기나긴 내 슬픔이여.

바람이 불어올 때마다
아카시아 나뭇가지들 마구 흔들리는데
그대는 속옷마저 벗은 알몸으로 불가에서
불을 쬐고 있구나.

창문으로 비 들이치는데
타는 장작을 바라보며 나는 휘파람을 불고
유리창 안에 아직 채 일어나지 않은
희뿌연 아침을 기다리고 있다.

타인의 아름다움

| 메리 헤스켈 |

타인에게서 가장 좋은 점을 찾아내
그에게 이야기해 주십시오.
우리들은 누구에게나 그것이 필요합니다.
우리는 타인의 칭찬 속에 자라왔습니다.
그리고 그것이 우리를 더욱 겸손하게 만들었습니다.

사람은 누구나 근본적으로 위대하고 훌륭합니다.
아무리 누구를 칭찬한다고 해도 지나침은 없습니다.
타인 속에 있는 위대함과 아름다움을
발견하는 눈을 기르십시오.

그리고 찾아내는 대로
그에게 이야기해줄 수 있는 힘을 기르십시오.

부드럽게 받쳐주는 그분

| 릴케 |

나뭇잎이 떨어진다.
멀리서 떨어져 온다.
마치 먼 하늘의 정원이 시들고 있는 것처럼
거부의 몸짓으로 떨어지고 있다.

밤이 되면 이 무거운 지구는
모든 별로부터 떨어져 고독 속에 잠든다.

우리 모두가 떨어진다.
여기 이 손도 떨어진다.
다른 모든 것들도 떨어진다.

그렇지만 이렇게 떨어지는 모든 것을
양손으로 부드럽게 받쳐주는 그분이 계신다.

포기하지 말아요

| 클린턴 하웰 |

때때로 그렇듯 일이 잘못될 때,
앞에 언덕길만 계속되는 것 같을 때,
주머니 사정이 나쁘고 빚이 불어날 때,
웃고 싶지만 한숨만 나올 때,
근심이 마음을 짓누를 때,
쉬어야겠다면 쉬세요.
하지만 포기하지는 말아요.

때때로 그렇듯 인생이 풍파로 얼룩질 때,
실패에 실패만 이어질 때,
잘 하면 될 수도 있었을 텐데 그러지 못했을 때,
걸음을 늦추더라도 포기하지는 말아요.
한 번만 더 해보면 성공할지 모르니까요.

힘들어 머뭇거려진다면 기억하세요.
목표가 보기보다 가까이 있는 때도 많다는 것을.
승자가 될 수 있었는데 노력하다 포기하는 경우도 많지요.

금관이 바로 저기 있었다는 것을
너무 늦게 깨달았죠.
이미 슬그머니 밤이 온 후에야.

성공은 실패를 뒤집어 놓은 것.
당신은 성공에 가까이 다가왔지요.
멀리 있는 듯 보이지만 성공은 가까이 있을지 몰라요.
그러니 너무 힘들 때도 끈질기게 싸워요.
최악으로 보이는 상황이야말로
포기하면 안 되는 때니까요.

잊은 것은 아니련만

| 삽포 |

높은 나뭇가지에 매달려
가지 끝에 내달려 있어
과일 따는 이 잊고 간
아니,
잊고 간 것은 아니련만
따기 어려워 남겨놓은
새빨간 사과처럼 그대는
홀로 남겨져 있네.

인생의 계절

| 존 키츠 |

한 해가 네 계절로 채워져 있듯,
인생에도 네 계절이 있나니.

원기 왕성한 사람의 봄은 그의 마음이
모든 것을 분명 아름답게 받아들이는 때이며,
그의 여름엔 화사하며
봄의 달콤하고 발랄한 생각을 사랑하여
되새김질하는 때이니, 그의 꿈이 하늘 천정까지
높이 날아오르는 부푼 꿈을 꾸네.

그의 영혼에 가을 오나니
그는 꿈의 날개를 접고,
올바른 것들을 놓친 잘못과 태만을,
울타리 밖 실개천을 무심히 쳐다보듯,
방관하여 체념하는 때로다.

그에게 겨울 또한 오리니 창백하게 일그러진 모습으로,
그렇지 않으면 죽음의 길을 먼저 가 있을 것이니.

내 마음은

| S. 윌리엄스 |

내 마음은
그녀의 보드라운 장밋빛 손바닥에 놓인
물 한 방울.
황홀한 고요에 몸을 떨며
손바닥이 움직이는 대로 따라 움직이네.

내 마음은 그녀는 뜨거운 손에서
부서지는 붉은 장미 꽃잎.
간신히 최후의 향기를 토해내고
운명의 손아귀 속에서 사그라져버리네.

내 마음은
증발해버린 구름 한 조각.
태양 가까이 가면 아름답게 변하고
그 품속에서 무지개를 만나며
끝내는 녹아내려 눈물로 변해버리네.

내 마음은
내가 사랑하는 하프.
연주할 손이 없어 침묵을 지키는 현악기
무정하게, 잔인하게라도 누군가 만져만 준다면
산산이 부서지며 노래하리라.

눈

| 엘뤼아르 |

네가 나를 알아보는 이상으론
아무도 나를 알 수는 없다.

그 속에서 우리가
단둘이서 잠자는 네 두 눈을
나의 인간의 광선속에서 만들어내었다.
세계의 밤의 어둠에서보다는 나는 하나의 운명을.

그 속을 내가 여행하는 네 두 눈은
길과 길의 몸짓들에다 주었다.
땅을 벗어난 하나의 의미를.

네 눈 속에서 우리의 끝없는 고독을
우리에게 깨닫게 해주는 자들은
자기네가 그렇다고 믿고 있던 자들은 이미 아니다.

네가 나를 알아보는 이상으론
아무도 나를 알 수는 없다.

그대 나의 동반자여

| 에릭 칼펠트 |

그대의 눈동자는 불꽃, 나의 영혼은 기름
그대 나에게서 떠나가오, 내 심장의 지뢰가 불붙기 전에.
나는 바이올린, 애절한 노래의 샘.
그대 손길에 따라 노래는 분수가 되네.
나에게서 떠나가오.
나로부터 멀어져가오.

나는 욕망이며 그리움이며
나는 가을과 봄을 살아가오.
바이올린이여!
너의 선이 취해 부서지도록
내 사랑의 상처를 노래하라.
나로부터 떠나가오.
나에게서 멀어져가오.

어느 가을날 우리 함께 불꽃이 되어
피와 황금의 깃발이 기쁨의 폭풍에 펄럭이게 하오.
그대의 발걸음소리 황혼과 더불어 사라질 때까지.
그대여, 내 청춘의 마지막 동반자여.

사랑은 조용히 오는 것

| G. 벤더빌트 |

사랑은 조용히 오는 것.
외로운 여름과
거짓 꽃이 시들고도
기나긴 세월이 흐를 때.

사랑은 천천히 오는 것.
얼어붙은 물속으로 파고드는
밤하늘의 총총한 별처럼
조용히 내려앉는 눈과도 같이
조용히 천천히
땅 속에 뿌리박는 밀.

사랑은
더디고 조용한 것.
내리다가 치솟는 눈처럼
사랑은 살며시
뿌리로 스며드는 것.
씨앗은 조용히 싹을 틔운다.
달이 커지듯 천천히.

내가 너를 사랑하고 있는지는
| 괴테 |

내가 너를 사랑하고 있는지는 나도 모른다.
단 한번 네 얼굴을 보기만 하면
단 한번 네 눈을 보기만 하면
내 마음은 괴로움의 흔적이 사라진다.
얼마나 즐거운 기분인가는 하느님만이 알고 있을 뿐.

내가 너를 사랑하고 있는지는 나도 모른다.

누군가는 이렇게 말한다.
'기쁨은 슬픔보다 위대한 것'이라고
또 누군가는 이렇게 말한다.
'아니, 슬픔이야말로 위대한 것'이라고

하지만 나는 말하노라.
이 둘은 결코 떨어질 수 없는 것.
이들은 함께 오는 것.
그 중의 하나가 홀로
그대의 식탁 곁에 앉을 때면 잊지 말라.

연인

| **엘뤼아르** |

그녀는 내 눈 속에 있다.
그리고 그녀의 머리칼은 내 머리칼 속에
그녀는 내 손의 모양을 가졌다.
그녀는 내 눈의 빛깔을 가졌다.
그녀는 내 그림자 속에 삼켜진다.
마치 하늘에 던져진 돌처럼.

그녀의 빛나는 눈동자 속에서
나는 잠들지 못한다.
환한 대낮에 그녀의 꿈은
태양을 증발시키고
나를 웃기고 울리고 웃기고,
별 할 말이 없는데도 말하게 한다.

인간과 바다

| 보들레르 |

자유로운 인간이여, 항상 바다를 사랑하라.
바다는 그대의 거울, 그대는 그대의 넋을
한없이 출렁이는 물결 속에 비추어 본다.
그대의 정신 또한 바다처럼 깊숙한 쓰라린 심연.

그대는 즐겨 그대의 모습 속에 잠겨든다.
그대는 그것을 눈과 팔로 껴안고
그대 마음은 사납고 격한 바다의 탄식에
문득 그대의 갈등도 사그라진다.

그대는 둘 다 음흉하고 조심성이 많아
인간이여, 그대의 심연 바다를 헤아릴 길 없고
오, 바다여, 네 은밀한 보화를 아는 이 아무도 없기에
그토록 조심스레 그대들은 비밀을 지키는구나.

하지만 그대들은 태고 적부터
인정도 회한도 없이 서로 싸워 왔으니
그토록 살육과 죽음을 좋아하는가.
오, 영원한 투사들,
오, 냉혹한 형제들이여.

접시

| 나와사키 준사부로 |

노란 제비꽃 필 무렵의 옛날
돌고래는 하늘에도 바다에도 머리를 처들고
뾰족한 뱃전에 꽃이 치장되고
디오니소스는 꿈꾸며 항해한다.
무늬 있는 접시 속에서 얼굴을 씻고
보석 상인들과 함께 지중해를 건넌
그 소년의 이름은 잊혀졌다.
영롱한 망각의 아침.

내게는 그 분이
| **삽포** |

내게는 그분이 마치 신처럼 여겨진다.
당신의 눈앞에 앉아서
얌전한 당신의 말에 귀 기울이고 있는
그 남자 분은.

그리고 당신의 사랑어린 웃음소리도
그것이 나였다면 심장이 고동치리라.

잠시 당신을 바라보기만 해도 이미
목소리가 잠겨 말 나오지 않고,
혀는 그대로 정지되고,
살갗에는 열이 나고,
눈에는 보이는 것이 아무것도 없고,
귀에는 아무 소리도 들리지 않네.

차디찬 땀이 흘러내릴 뿐.
온몸은 와들와들 떨리기만 할 뿐.
풀보다 창백해진 내 모습은 마치
숨져 버린 사람 같네.

첫 민들레

| 휘트먼 |

겨울이 끝난 자리에서
소박하고 신선하게 아름다이 솟아나서,
유행, 사업, 정치 이 모든 인공품들은 아랑곳없이,
양지 바른 구석에 피어나
통트는 새벽처럼 순진하게
새봄의 첫 민들레는 믿음직한 그 얼굴을 내민다.

절 동정하지 마세요

| 빈센트 밀레이 |

서산 너머 해 지고 빛이 사라졌다고
절 동정하지 마세요.
한 해가 저물어서 싱그럽던 들과 숲이 시들었다고
절 동정하지 마세요.
달 기울고 썰물이 밀려간다고
절 동정하지 마세요.
또 남자의 정열이 그렇게도 빨리 식어
당신의 시선에서 정이 사라졌다고

이럴 줄 알았어요, 사랑이란 못 믿을 것.
바람에 흩날리는 꽃잎과 같고
사나운 비바람이 물러간 다음
표착물을 밀고 오는 파도와도 같음을.
오히려 동정을 하시려면 빤한 것도 몰라보는
미련한 내 마음을 가엾이 여기소서.

나의 마음을 위해서라면

| 네루다 |

나의 마음을 위해서라면 당신의 가슴으로 충분합니다.
당신의 자유를 위해서라면 나의 날개로 충분합니다.
당신의 영혼 위에서 잠들어 있던 것은
나의 입으로부터 하늘까지 올라갑니다.

매일의 환상은 당신 속에 있습니다.
꽃잎에 맺혀 있는 이슬처럼
당신은 사뿐히 다가옵니다.
당신의 모습이 나타나지 않음으로.

당신은 지평선으로 파고들어갑니다.
그리고는 파도처럼 영원히 떠나갑니다.
소나무 돛대처럼 당신은 바람을 통해
노래한다고 나는 말했습니다.

그들처럼 키가 크고 말이 없지만 길 떠난
나그네처럼 갑자기 당신은 슬픔에 잠겨 버립니다.
옛 길처럼 당신은 언제나 다정합니다.
산울림과 향수의 소리가 당신을 살포시 얼싸안아 줍니다.

당신의 영혼 속에서 잠들던 새들이 날아갈 때면
나는 깊은 잠에서 깨어납니다.

청춘

| 사무엘 울만 |

청춘이란 인생의 어떤 한 시기가 아니라
어떤 마음가짐을 뜻하나니.
장밋빛 볼 붉은 입술 강인한 육신을 뜻하지 않고
풍부한 상상력과 왕성한 감수성과 의지력과
그리고 인생의 깊은 샘에서 솟아나는 참신함을 뜻하나니.

생활을 위한 소심성을 초월하는 용기,
안이함에의 집착을 초월하는 모험심.
청춘이란 그 탁월한 정신력을 뜻하나니.
때로는 스무 살의 청년보다
예순 살의 노인이 더 청춘일 수 있네.
누구나 세월만으로 늙지 않고 이상을 잃어버릴 때 늙
어가네.
세월은 살결에 주름을 만들지만
열정을 상실할 때 영혼은 주름지고
근심 두려움 자신감 상실은
기백을 죽이고 정신을 타락시키네.

그대가 젊어 있는 한 예순이건 열여섯이건
모든 인간의 가슴속에는 경이로움에의 동경과
아이처럼 왕성한 미래에의 탐구심과
인생이라는 게임에 대한 즐거움이 있는 법.
그대가 기개를 잃고,
정신이 냉소주의의 눈과 비관주의의 얼음으로 덮일 때,
그대는 스무 살이라도 노인이네.
그러나 그대의 기개가 낙관주의의 파도를 잡고 있는 한
그대는 여든 살로도 청춘의 이름으로 죽을 수 있네.

밤에 오세요

| 엘제 라스커 쉴러 |

밤에 제게 오세요.
우리 서로 꼭 껴안고 잠들어요.
난 외로운 불면증 환자.
이름 모를 새는 새벽에 벌써 울었죠.
내 꿈이 꿈과 함께 뒹굴고 있을 때.

꽃들은 모든 샘터에서 피어나고
세상은 그대 눈빛으로 물든답니다.

밤에 제게 오세요.
고운 신을 신고 사랑에 감싸여
느지막이 나의 지붕으로.
그러면 뿌연 하늘에 달이 떠올라요.

우리는 두 마리의 들짐승들처럼
세상의 뒤켠,
갈대밭 속에서 사랑을 나누어요.

나무 중 가장 사랑스런 벚나무

| 알프레드 E. 하우스먼 |

나무 중 가장 사랑스런 벚나무는 지금
가지 따라 만발한 꽃을 드리우고

부활절 맞아 흰 옷 입고
숲 속 승마길가에 화창하다.

이제, 내 칠십 평생 중
스물은 다시 돌아올 길 없으니.

일흔 봄에서 스물을 빼면
내게 남는 것은 오직 쉰뿐.

그리고 활짝 핀 꽃을 보기엔
쉰 봄은 너무 짧으니.

수풀가로 나는 가야지,
눈꽃송이를 피운 빗꽃을 보러.

결론

| 마야코프스키 |

사랑은 씻기는 것이 아니지요.
말다툼에도,
거리감에도.
검토도 끝났다.
조정도 끝났다.
검사도 끝났다.
이제야말로 엄숙하게
서툰 시구를 받들어 맹세합니다.

나는 사랑하오.
진심으로 사랑하오.

그대 없이는

| 헤르만 헤세 |

나의 베개는 밤에 나를 묘석과 같이 허무하게 쳐다봅니다.
홀로 있는 것이 그대의 머리를 베개를 삼지 못하는 것이
이렇게도 쓰라린 것이라고는 생각지 않았습니다.
나는 고요한 집 속에 단지 홀로
매달린 램프를 끄고 엎드려 그대의 손을 잡으려고
살며시 두 손을 뻗습니다.
그리고 뜨거운 키스를 합니다.
갑자기 나는 눈을 뜨면
주위는 말없는 차디찬 밤.
유리창에 별이 반짝반짝 비칩니다.
오, 그대의 금발은 어디에 있는가?
그대의 달콤한 입은 어디에 있는가?
이제 나는 어떠한 기쁨 속에도 슬픔을
어떠한 포도주 속에도 독을 마십니다.
그대 없이 홀로 있는 것.
이렇게 쓰라리다는 것을 미처 몰랐습니다.

어머니에게

| 에드가 앨런 포우 |

저 높은 천당에서 서로 속삭이는 천사들도
그들의 불타는 사랑의 말들 속에서
어머니라는 말만큼 진정어린 말은
찾을 수 없다고 느끼지요.
저는 오랫동안 그 그리운 이름으로
당신을 부르고 있습니다.
나에게 어머니는 이상이시고
나의 마음속에 기쁜 마음을 채워 주는 당신,
나는 마음속에 당신을 앉혀 놓았습니다.

비너스

│ 곽양말 │

그대의 사랑스런 입술은
한 개의 술잔을 본뜬 듯하여라.
마시고 마셔도 끊이지 않는 향기로운 포도주,
내 그 속에 깊숙이 빠져 취할 수만 있다면.

그대의 부드러운 젖가슴은
한 쌍의 무덤인 듯하여라.
우리 함께 그 무덤 속에 잠들면
뜨거운 피는 향기로운 이슬로 변하리라.

이른 봄

| 호프만시탈 |

봄바람이 달려간다, 황량한 가로수 길을.
이상한 힘을 지닌 봄바람이 달려간다.

울음소리 나는 곳에선 몸을 흔들고
헝클어진 머리칼 속에 휘감겨 들었다.

아카시아 꽃들을 흔들어 떨어뜨리고
숨결 뜨겁게 몰아쉬고 있는 두 연인을 싸늘하게 했다.

웃음 짓는 아가씨의 입술을 살짝 어루만지고
잠이 깨어 부드러운 들판을 여기저기 더듬고 갔다.

목동이 부는 피리 속을 빠져나와 흐느껴 우는 소리처럼
새벽노을 붉게 물든 곳을 훨훨 날아서 지나왔다.

연인들이 소곤대는 방안을 빠져나와
봄바람은 소리 없이 날았다.
그리고 희미한 낚시 불빛을 허리를 굽혀 꺼버렸다.

봄바람이 달려간다, 황량한 가로수 길로.
이상한 힘을 지닌 봄바람이 달려간다.

벌거벗은 나무와 나무 사이를 미끄러지듯 지나가면서
봄바람의 입김은 창백한 그림자를 뒤따른다.

지난밤부터 불고 있는 이른 봄날의 산들 바람은
향기를 몰고서 이 마을에 찾아왔다.

사랑이 어떻게 너에게로 왔는가

| 릴케 |

사랑이 어떻게 너에게로 왔는가.
햇빛처럼, 꽃잎처럼
또는 기도처럼 왔는가.

행복이 반짝이며 하늘에서 몰려와 날개를 거두고
꽃피는 내 가슴에 걸려온 것을……

흰 국화 피어 있는 어느 날,
그 집의 눈부심이 어쩐지 불안하였다.
그날 밤늦게 그리고 조용히
네가 나에게로 왔다.

나는 불안하였고 마침내 꿈속에서
너를 생각하고 있었다.
네가 나에게로 오고 난 이후 동화에서처럼
밤은 어둠 속에서 깊어만 갔다.

밤은 은빛 빛나는 옷을 입고 한 움큼의 꿈을 뿌린다.
꿈은 속속들이 마음 속 깊이 스며들고,
어린아이들이 불빛으로 가득한 크리스마스를 보듯
나는 본다, 깊은 밤 어둠 속에서
꽃 한 송이 한 송이마다 입 맞추고 있는 것을.

비문

| W. 드라매어 |

여기 고이 잠든 이는 진정 아름다운 여인
발걸음도 마음도 가볍고
정녕 이 나라에선
다시 없이 아름답던 여인입니다.

그러나 아름다움은 소멸하고, 사라지는 것
제 아무리 보기 드문 회귀한 아름다움일지라도
이제 나 또한 부서져 흙으로 돌아가면 그 누가
이 여인을 기려 줄 것인가?

내 나이 스물하고 하나였을 때

| 알프레드 E. 하우스먼 |

내 나이 스물하고 하나였을 때,
어떤 현명한 사람이 내게 말했지요.
"돈은 주어도 네 마음만은 주지 말거라"
하지만 내 나이 스물하고도 하나였으니
전혀 소용없는 말.

내 나이 스물하고 하나였을 때,
어떤 현명한 사람이 내게 말했지요.
"마음속의 사랑은
결코 거저 주어지는 게 아니지.
그것은 숱한 한숨과
끝없는 슬픔의 대가이지"

지금 내 나이는 스물하고 둘
아, 그건 정말 진리입니다.

한 그루 전나무 외로이 서 있네

| 하인리히 하이네 |

한 그루 전나무 외로이 서 있네.
북방의 헐벗은 산마루 위에
눈과 얼음에 덮여
흰옷 입고 조는 듯 서 있네.

전나무 꿈속에서 종려수 그리네.
머나 먼 동방의 나라
불볕 쪼이는 절벽 위에
외로이 말없이 슬퍼하는 종려수를.

우리들의 정의는

| 엘뤼아르 |

사람들의 뜨거운 법칙.
포도로 술을 빚고,
석탄으로 불을 지피고,
포옹으로 인간을 태어나게 한다.

사람들의 엄숙한 법칙.
전쟁의 비참함에도 불구하고,
죽음의 위험에도 불구하고,
순결한 목숨을 지키는 일이다.

사람들의 부드러운 법칙.
물을 빛으로,
꿈을 현실로,
적의 형체를 뒤바꾸는 일이다.

낡고도 새로운 하나의 법칙.
어린 아이의 마음속 깊은 곳에서부터
최고의 이성에 이르기까지
스스로를 연마해 가는 그 법칙.

사랑

| 장 콕도 |

사랑한다는 것.
그것은 바로 사랑받는다는 것이니
한 존재로 불안에 떨게 하는 것.
언젠가는 상대방에게 가장 소중한
존재가 될 수 없다는 그것이
바로 우리의 고민이다.

당신을 어떻게 사랑하느냐고요?

| 브라우닝 |

당신을 어떻게 사랑하느냐고요?
한번 헤아려보죠.

비록 그 빛 안 보여도 존재의 꿈과
영원한 영광에 내 영혼 이룰 수 있는,
그 도달할 수 있는 곳까지 사랑합니다.
태양 밑에서나, 혹은 촛불 아래서나
하루하루의 얇은 경계까지도 사랑합니다.
권리를 주장하듯 자유롭게 당신을 사랑합니다.
칭찬에 몸 둘 바를 몰라 돌아서듯
순수하게 당신을 사랑합니다.
옛 슬픔에 쏟았던 정열로써 사랑하고
내 어릴 적 믿음으로 사랑합니다.
세상 떠난 성인들과 더불어 사랑하고
잃은 줄만 여겼던
사랑의 불로 당신을 사랑합니다.
내 한평생의 숨결과 미소와 눈물로써 당신을 사랑합니다.
신의 부름을 받더라도
죽어서 더욱 사랑하겠습니다.

사랑은

| 릴케 |

그리고 사랑은 어떻게 그대를 찾아왔던가?
빛나는 태양처럼 찾아왔던가, 아니면
우수수 떨어지는 꽃잎처럼 찾아왔던가?
아니면 기도하는 모습처럼 찾아왔던가?
말해다오.

하늘에 빛나던 행복이 내려와
날개를 접고 마냥 흔들며
꽃처럼 피어나는 내 영혼에
커다랗게 걸려 있었습니다.

사랑의 고통

| 데이비드 H. 로렌스 |

그대를 사랑하는 고통을
나는 도저히 견디지 못할 거예요.

걸으면서도 그대를 두려워해요.
그대 서 있는 그곳에서
어둠이 시작되고
그대가 나를 쳐다볼 때
그 눈으로 어스름밤이 다가와요.
오, 태양 속에 머무는 그림자를
난 여태껏 본 적이 없어요.

그대를 사랑하는 고통을 나는
도저히 견디지 못할 거예요.

오늘만큼은

| 시빌 F. 패트리지 |

오늘 만큼은 기분 좋게 살자.
남에게 상냥한 미소를 짓고,
예의바르게 행동하며,
아낌없이 남을 칭찬하자.

인생의 모든 문제는 한 번에 해결되지 않는다.
하루가 인생의 시작인 것 같은 기분으로

계획하고 계획을 지키려 노력해 보자.

조급함과 망설임이라는 두 마리 해충을 없애도록 노
력하고,
나의 인생에 대해 올바른 판단을 할 수 있도록 애써보자.

너는 한 송이 꽃과 같이

| 하인리히 하이네 |

너는 한 송이 꽃과 같이
귀엽고 예쁘고 깨끗하여라.
너를 보고 있으면 서러움은
나의 가슴 속까지 스며드누나.

하나님이 너를 언제나 이대로
밝고 곱고 귀엽도록 지켜 주시기를
네 머리 위에 두 손을 얹고
나는 빌고만 싶어지누나.

미워하지도 사랑하지도

| 하인리히 하이네 |

그들은 나를 괴롭히고 노하게 하였다.
파랗게 얼굴이 질리도록.
나를 사랑한 사람도
나를 미워한 사람도.

그들은 나의 빵에 독을 섞고
나의 잔에 독을 넣었다.
나를 사랑한 사람도
나를 미워한 사람도.

그러나 가장 괴롭히고 화나게 하고
서럽게 한 바로 그 사람은
나를 미워하지도
사랑하지도 않은 사람.

돌
| 디킨슨 |

길에서 혼자 뒹구는 저 작은 돌
얼마나 행복할까.

세상 출셀랑 아랑곳없고
급한 일 일어날까 두려움 없네.

천연의 갈색 옷은
지나던 어느 우주가 입혀줬나.

혼자 살며 홀로 빛나는 태양처럼
다른 데 의지함 없이

꾸미지 않고 소박하게 살며
하늘의 뜻을 온전히 따르네.

바람
| 로제티 |

그 누가 바람을 보았을까?
아무도 본 이는 없지만
나뭇잎 가만히 흔들면서
바람은 거기를 지나간다.

그 누가 바람을 보았을까?
아무도 본 이는 없지만
나뭇잎 머리를 숙이면서
바람은 거기를 지나간다.

사랑의 비밀

| 칼릴 지브란 |

그녀는 내게 가르쳐 주었다.
얼굴과 옷자락에 숨겨진
아름다움을 알아보라고.

그녀는 내게 일러 주었다.
사람들이 알 수 없다고 말하는 것이
나에겐 매력과 기쁨으로 보일 때까지
그것을 명상해보라고.

그녀가 충고하기 전엔
나는 연기기둥 사이에서 떨고 있는
횃불 같은 아름다움을 보았다.

그러나 이제 연기는 걷히고
보이는 건 휘황한 불꽃뿐이다.

가정의 원만을 위하여

| 하인리히 하이네 |

대저 여자란 이와 같나니
가려워도 긁어서는 아니 될 이와 같나니
따끔하게 톡 쏘아대도
이러니저러니 대꾸해서도 안 된다.

그들은 교활하게 웃음 지으며
잠자리에서 복수를 하기 때문이다.
당신이 막 껴안으려는 바로 그 찰나에
휙 돌아 등을 돌려 버림으로써.

그대를 처음 본 순간

| 칼릴 지브란 |

그 깊은 떨림.
그 벅찬 깨달음.
그토록 익숙하고
그토록 가까운 느낌.
그대를 처음 본 순간 시작되었습니다.

지금껏 그날의 떨림은 생생합니다.
오히려 천 배나 더 깊고
천 배나 더 애틋해졌지요.
나는 그대를 영원까지 사랑하겠습니다.

이 육신을 타고나
그대를 만나기 훨씬 전부터
나는 그대를 사랑하고 있었나 봅니다.
그대를 처음 본 순간 알아버렸습니다.

운명.
우리 둘은 이처럼 하나이며
그 무엇도 우리를 갈라놓을 수는 없습니다.

아들에게 주는 시

| 랭스턴 휴즈 |

아들아, 나는 너에게 말하고 싶다.
인생은 내게 수정으로 된 계단이 아니었다는 것을.
계단에는 못도 떨어져 있었고 가시도 있었다.
바닥에는 양탄자도 깔려 있지 않았지.

그러나 나는 지금까지
멈추지 않고 계단을 올라왔단다.
계단참에도 도달하고
모퉁이도 돌고
때로는 전깃불도 없는 캄캄한 곳을 올라야 했지.

아들아, 너도 뒤돌아보지 말고 계단을 오르렴.
주저앉지도 말고
앞만 보고 올라가렴.
지금은 주저앉을 때가 아니란다.
쓰러질 때가 아니란다.

인생거울

| 매를린 브리지스 |

세상에는 변치 않는 마음과
굴하지 않는 정신이 있다.
순수하고 진실한 영혼들도 있다.
그러므로 자신이 가진 최상의 것을 세상에 주라.
최상의 것이 너에게 돌아오리라.

마음의 씨앗을 세상에 뿌리는 일이
지금은 헛되이 보일지라도
언젠가는 열매를 거두게 되리라.

왕이든 걸인이든 삶은 다만 하나의 거울.
우리의 존재와 행동을 비춰 줄 뿐.
자신이 가진 최상의 것을 세상에 주라.
최상의 것이 너에게 돌아오리라.

단편
| 삽포 |

별빛은 반짝여도
달빛 주위에서는
빛나는 제 모습을 감춘다.
보름밤
은빛이 온 세상을
환하게 비출 때.

잠에게

| 워즈워드 |

하나하나 한가로이 지나가는 한 떼의 양.
빗소리, 중얼거리는 벌 소리,
떨어지는 강물, 바람과 바다, 평탄한 들,
희게 펼쳐진 수면, 맑은 하늘,
내 이 모든 것 하나하나 차분히 생각해 보아도
잠 못 이루고 누워 있을 때 과수원에서
처음 지저귀는 작은 새들의 노랫소리를 들어야 했다.
간밤에 또 그 앞선 두 밤처럼,
잠이여, 나 그처럼 누워 은밀히 애써도
나 너를 얻지 못하였노라.
그러니 이 밤을 다시 새우게 하지 말아다오.
너 없으면 아침의 그 모든 풍성한 기쁨을 무엇하리.
오라, 날과 날 사이의 다행한 장벽이여,
신선한 생각과 즐거운 건강의 고마운 원천이여.

너의 그 말 한 마디에

| 하인리히 하이네 |

너의 해맑은 눈을 들여다보면
나의 온갖 고뇌가 사라져 버린다.
너의 고운 입술에 입 맞추면
나의 정신이 말끔히 되살아난다.

따스한 너의 가슴에 몸을 기대면
마치 천국에 온 것 같은 기분
"당신을 사랑해요"
너의 그 말 한 마디에
한없이 한없이
눈물이 흘러내린다.

현명한 사람, 행복한 사람이 되기 위하여

| 타카모리 켄테스 |

지키지 못할 약속은 하지 마라.
부부도 원래 타인에 지나지 않는다.

타인의 장점은 한시라도 빨리 칭찬하라.
현명한 사람은 누구에게나 배운다.

위기야말로 절호의 기회.
나를 바꾸면 주위가 바뀐다.

베푼 은혜는 생각하지 말고
받은 은혜는 잊지 마라.

하등 인간은 혀를 사랑하고
중등 인간은 몸을 사랑하고
상등 인간은 마음을 사랑한다.

그대의 눈이 없다면 내 눈은

| 미겔 에르난데스 |

그대의 눈이 없다면 내 눈은 눈이 아니요,
외로운 두 개의 개미집일 따름입니다.
그대의 손이 없다면 내 손은
고약한 가시 다발일 뿐입니다.

달콤한 종소리로 나를 채우는
그대의 붉은 입술 없이는 내 입술도 없습니다.
그대가 없다면 나의 마음은
엉겅퀴 우거지고 회향 시들어지는 십자가 길입니다.

그대의 음성이 들리지 않는 내 귀는 어찌 될까요?
그대의 별이 없다면 나는 어느 곳을 향해 떠돌까요?
그대의 대답 없는 내 목소리는 약해만집니다.

그대 바람의 냄새,
그대 흔적의 잊힌 모습을 쫓습니다.
사랑은 그대에게서 시작되어 나에게서 끝납니다.

그때 꼭 한번 보인 것

| 프로스트 |

빛을 등진 채 우물가에 꿇어앉은
내 모습을 사람들은 비웃는다.
눈에 보이는 것은 여름 하늘의 신처럼
고사리 다발 두르고 구름 밖으로 내다보는
거울 같은 수면에 되비치는
내 자신의 모습일 뿐이기 때문이다.
한번은 우물가에 턱을 대고 내려다보았을 때
내 모습 너머로, 분명하진 않지만 뭔가 하얀 것이
뭔가 깊숙이 잠긴 것이 보이는 듯했다.
그리고는 곧 그 모습을 놓치고 말았다.
물은 너무나 맑음을 스스로 꾸짖는 것이었다.
고사리에서 물 한 방울 떨어져 수면에 번지며
그 모습을 흔들어 지워버린 것이었다.
그 하얀 것은 과연 무엇이었을까?
진리였을까?
수정 조각이었을까?
그때 꼭 한번 보인 그것이.

낙엽

| **구르몽** |

시몬, 나뭇잎 져 버린 숲으로 가자.
낙엽은 이끼와 돌과 오솔길을 덮고 있구나.

시몬, 너는 좋으냐,
낙엽 밟는 소리가.
낙엽의 빛깔은 은은하고 그 소리는 참으로 나직하구나.

낙엽은 땅 위에 버림받은 나그네.
시몬, 너는 좋으냐,
낙엽 밟는 소리가.

해질녘 낙엽의 모습은 쓸쓸하구나.
바람 불어칠 때마다 낙엽은 조용히 외치거니.

시몬, 너는 좋으냐,
낙엽 밟는 소리가.
발길에 밟힐 때면 낙엽은 영혼처럼 흐느끼고
날개 소리, 여자의 옷자락 스치는 소리를 내는구나.

시몬, 너는 좋으냐,
낙엽 밟는 소리가.
가까이 오라, 언젠가는 우리도 가련한 낙엽이 되리니
가까이 오라, 이미 날은 저물고 바람은 우리를 감싸
고 있구나.

시몬, 너는 좋으냐,
낙엽 밟는 소리가.

점점 예뻐지는 당신

| 다까무라 고다로 |

여자가 액세서리를 하나씩 버리면
왜 이렇게 예뻐지는 걸까.

나이로 씻긴 당신의 몸은
가없는 하늘을 나는 금속.

겉모양새도 남의 눈치도 안 보는
이 깨끗한 한 덩어리의 생명은
살아서 꿈틀대며 거침없이 상승한다.

여자가 여자다워진다는 것은
이러한 세월의 수업 때문일까.

고요히 서 있는 당신은
진정 신이 빚으신 것 같구나.

때때로 속으로 깜짝깜짝 놀랄 만큼
점점 예뻐지는 당신.

그대 눈 푸르다

| 베케르 |

그대 눈 푸르다.
수줍은 웃음은
넓은 바다에
새벽 별 비친 듯하다.

그대 눈 푸르다.
흘리는 눈물은
제비꽃 위에 앉은
이슬방울 같다.

그대 눈 푸르다.
반짝이는 지혜는
밤하늘에 떨어지는
유성처럼 화려하다.

두 개의 허물 자루

| 칼릴 지브란 |

우리는 다른 사람의 허물을 쉽게 보지만
정작 보아야 할 자신의 허물에는 어둡습니다.
그리스 속담에는 이런 것이 있습니다.
'사람은 누구나 앞뒤에 하나씩 자루를 달고 다닌다.
앞에 있는 자루에는 남의 허물을 모아 담고
뒤에 있는 자루에는 자기의 허물을 주워 담는다.'

뒤에 있는 자신의 허물을 담는 자루는
자기에게는 보이지 않지만
반대로 남들 눈에는 잘 보인다는 것을
늘 염두에 두고
자기 성찰을 게을리 하지 말아야 할 것입니다.

울기는 쉽지

| 루이스 후른베르크 |

눈물을 흘리기야
날아서 달아나는 시간처럼 쉽지.

하지만 웃기는 어려운 것.
찢어지는 가슴속에 웃음을 짓고
이를 꼭 악물고
웃는 것은 정말 어려운 일.

눈부시게 아름다운 오월에

| 하인리히 하이네 |

눈부시게 아름다운 오월에
모든 꽃봉오리 벙글어질 때
나의 마음속에서도
사랑의 꽃이 피었어라.

눈부시게 아름다운 오월에
모든 새들 노래할 때
나의 불타는 마음을
사랑하는 이에게 고백했어라.

밤에 익숙해지며
| **프로스트** |

나는 어느새 밤에 익숙해지게 되었다.
빗속을 홀로 거닐다 빗속에 되돌아왔다.
거리 끝 불빛 없는 곳까지 거닐다 왔다.

쓸쓸한 느낌이 드는 길거리를 바라보았다.
저녁 순시를 하는 경관이 곁을 스쳐 지나쳐도
얼굴을 숙이고 모르는 체했다.

잠시 멈추어 서서 발소리를 죽이고
멀리서부터 들려와 다른 길거리를 통해
집들을 건너서 그 어떤 소리가 들렸으나
그것은 나를 부르기 위해서도 아니었고
이별을 알리기 위해서도 아니었다.

오직 멀리 이 세상 것이 아닌 것처럼 높다란 곳에
빛나는 큰 시계가 하늘에 걸려 있어
지금 시대가 나쁘지도 또 좋지도 않다고 알려 주고
있었다.
나는 어느새 밤에 익숙해지게 되었다.

고귀한 자연

| 벤 존슨 |

보다 나은 사람이 되는 것은
나무가 크게만 자라는 것과 다르다.
참나무가 삼백 년 동안이나 오래 서 있다가
결국 잎도 피우지 못하고 통나무로 쓰러지느니
하루만 피었다 지는
오월의 백합이 훨씬 더 아름답다.
비록 밤새 시들어 죽는다 해도
그것은 빛의 화초요 꽃이었으니.
작으면 작은 대로의 아름다움을 보면
조금씩이라도 인생은 완벽해지지 않을까.

그대 울었지
| 바이런 |

나는 보았지, 그대 우는 걸.
커다란 반짝이는 눈물이
그 푸른 눈에서 솟아 흐르는 것을.
제비꽃에 맺혔다 떨어지는
맑은 이슬방울처럼.

그대 방긋이 웃는 걸 나는 보았지.
그대 곁에선 보석의 반짝임도 그만 무색해지고 말아.
반짝이는 그대의 눈동자
그 속에 핀 생생한 빛을 따를 길이 없어라.

구름이 저기 저 먼 태양으로부터
깊고도 풍요한 노을을 받을 때
다가드는 저녁 그림자.
그 영롱한 빛을 하늘에서 씻어낼 길 없듯이
그대의 미소는 침울한 이내 마음에
그 맑고 깨끗한 기쁨을 주고
그 태양 같은 빛은 타오르는 불꽃을 남겨
내 가슴 속에 찬연히 빛나노라.

사랑을 지켜가는 아름다운 간격

| 칼릴 지브란 |

함께 있되 거리를 두라.
그래서 하늘 바람이 너희 사이에서 춤추게 하라.

서로 사랑하라.
그러나 사랑으로 구속하지는 말라.

그보다 너의 혼과 혼의 두 언덕 사이에
출렁이는 바다를 놓아두라.

서로의 잔을 채워 주되
한쪽의 한 잔만을 마시지 말라.

서로의 빵을 주되
한쪽의 빵만을 먹지는 말라.

함께 노래하고 춤추며 즐거워하되
서로는 혼자 있게 하라.

마치 현악기의 줄들이
하나의 음악을 울릴지라도
줄은 서로 혼자이듯이 서로 가슴을 주라.

그러나 서로의 가슴에 묶어 두지는 말라.
오직 큰 생명의 손길만이
너희의 가슴을 간직할 수 있다.

함께 서 있으라.
그러나 너무 가까이 서 있지는 말라.

사원의 기둥들도 서로 떨어져 있고
참나무와 삼나무는
서로의 그늘 속에선 자랄 수 없다.

사랑 받지 못하여

| K. J 레인 |

나는 완벽한 외로움 그 자체,
나는 텅 빈 허공,
사방으로 떠도는 구름.

나에겐 형상이 없고
나에겐 끝이 없고
안식이 없어라.

나에겐 집이 없고
나는 사방을 스쳐가는
무심한 바람.

나는 물 위로 솟구치는 흰 새,
나는 수평선,
어느 기슭에도 닿지 못할 파도.

나는 모래 위로 밀어 올린 조개껍질,
나는 지붕 없는 오막살이에 비치는 달빛,
언덕 위 허름한 무덤 속에 잊힌 죽은 자.
나는 물통으로 물을 길어 나르는 늙은 사내,
나는 빈 공간을 건너가는 광선,
우주 밖으로 흘러가는
작아지는 별.

사랑하지 않음은

| 아네크레온 |

사랑하지 않음은 괴로운 노릇.
사랑하는 것 또한 괴로운 누릇.
세상에서 가장 괴로운 것은
사랑에 냉정한 사람의 마음.
사랑에는 명성도 상관이 없고
지혜도 성품도 소용없건만
황금과 돈만을 목표로 삼다니.

처음부터 돈을 좋아하는 녀석은
개한테라도 물려 가거라.
돈이라고 하면 형도 동생도
부모도 자식도 없다고 한다.
사람을 죽이거나 전쟁까지도
돈 때문에 일어난다.
그 돈으로 해서 마침내는
우리의 사랑도 끝장이 난다.

이제는 더 이상 헤매지 말자
| 바이런 |

이제는 더 이상 헤매지 말자.
이토록 늦은 한밤중에
지금도 사랑은 가슴 속에 깃들고
지금도 달빛은 훤하지만.
칼을 쓰면 칼집이 해어지고
정신을 쓰면 가슴이 헐고
심장도 숨 쉬려면 쉬어야 하고
사랑도 때로는 쉬어야 하니.
밤은 사랑을 위해 있고
낮은 너무 빨리 돌아오지만
이제는 더 이상 헤매지 말자.
아련히 흐르는 달빛 사이를.

나의 어머니

| 베르톨트 브레히트 |

그녀가 죽었을 때, 사람들은 그녀를 땅속에 묻었다.
꽃이 자라고 나비가 그 위로 날아간다.
체중이 가벼운 그녀는 땅을 누르지도 않는다.
그녀가 이처럼 가볍게 되기까지
얼마나 많은 고통을 겪었을까?

석류

| 폴 발레리 |

알맹이들의 과잉에 못 이겨
방긋 벌어진 단단한 석류들아,
숱한 발견으로 파열한
지상의 이마를 보는 듯하다.

너희들이 감내해 온 나날의 태양이
오만으로 시달린 너희들로 하여금
홍옥의 칸막이를 찢게 했을지라도
비록 말라빠진 황금의 껍질이 터진다 해도
이 빛나는 파열은
내 옛날의 영혼으로 하여금
자신의 비밀스런 구조를 꿈에 보게 한다.

늙은 선승의 노래

| 모리야 센안 |

내가 죽으면
술통 밑에 묻어 줘.
운이 좋으면
밑동이 샐지도 몰라.

크고도 붉은

| 자크 프레베르 |

크고도 붉게
궁전 지붕 위로
겨울 태양이 나타났다가
사라진다.

태양처럼 이내 심장도 사라지리.
또 내 모든 피도 흘러가버리리.
흘러가버리리라, 너를 찾아.

내 사랑아,
내 고운 사람아.
너 있는 그곳에서
너를 다시 만나려고.

강변의 숲속에서
| 한스 카로사 |

강변의 숲속에
숨어 있는 아침 해.
우리는 강가에 배를 띄웠다.

아침 해는
물속으로 뛰어들어 강물 위에서
반짝이며 우리에게 인사를 하였다.

아름다운 것을 사랑한다

| 브리지스 |

나 모든 아름다운 것을 좋아하여
그것을 찾으며 숭배하느니
그보다 더 찬미할 것이 무엇이랴.
사람은 바쁜 나날 속에서도
아름다움으로 인하여 영예로운 것.
나 또한 무엇인가를 창조하여
아름다움의 창조를 즐기려 한다.
그 아름다움이 비록 내일 오게 되어
기억에만 남아 있는
한낱 꿈속의 빈말 같다고 해도.

무엇이 무거울까?

|로제티|

무엇이 무거울까?
바닷가 모래와 슬픔 중

무엇이 짧을까?
오늘과 내일 중

무엇이 약할까?
봄꽃들과 청춘 중

무엇이 깊을까?
바다와 진리 중

경고

| 엘뤼아르 |

그가 죽기 전날 밤은
그의 생애에서 가장 짧은 밤이었다.
그가 아직도 살아 있다는 생각이
그의 손목의 피를 뜨겁게 했다.
그의 육체의 무게는 그를 답답하게 짓눌렀고
그의 힘은 그에게 신음소리를 내게 했다.
그가 웃음을 짓기 시작한 것은
바로 그러한 공포의 밑바닥에서였다.
그 옆에는 한 사람의 동지도 없었으나
수백만의 무수한 동지들이 있었다.
복수하기 위한 방법을 그는 알고 있었다.

그대 그리워지는 날에는
| **삽포** |

오늘 나는 당신이 그리워요.
함께 있지 못해서
그래서 나는
당신과 함께 보냈던 행복한 날들을 떠올리고
당신과 함께 보낼 멋진 날들을 고대하며
오늘 하루를 보냈어요.

당신의 미소가 그리워요.
그 미소는 당신이 나를 사랑한다는
미묘하지만 숨길 수 없는
표현인 줄을 나는 알고 있어요.

말은 안 해도 따스한 위안으로
모든 두려움을 녹여 주지요.
그리고 당신의 그 미소는
깊고 진지한 사랑만이 줄 수 있는
행복감과 안도감을 내게 주지요.

당신의 손길이 그리워요.
어떤 손길보다도 더
따스하고 아늑한
그 부드러운 감촉
오늘 나는 당신이 그리워요.

당신은 나의 반쪽이므로.
나 혼자서 내 삶을
살 수 있다 해도
지금의 내 삶은
우리의 모든 경험을
아낌없이 나누는 삶이에요.

고향

| 오바넬 |

새들도 그들의 보금자리를 잊지 못하거늘
하물며 내 어찌 내 고향을 잊으랴.
내가 나고 자라난 낙원이여.

사랑이란

| 월터 롤리 |

사랑이란,
쾌락과 회한이 함께 고여 있는 크고 작은 샘.
천당과 지옥에 다 같이 종소리를 울려 퍼지게 하는
그런 종일는지도 모르지.
사랑은 비 쏟아지는 창가로 살그머니 드리우는 햇살.
치통, 혹은 근원을 알 수 없는 고통.
누구도 이기지 못하는 게임,
한쪽이 거절하면 더욱 열이 오르는 게임.

금세 사라져 버리고 마는 것.
그래서 약간이라도 유리할 때 붙잡아야 하는 것.
살며시 스며들어 와서는 떠나가지 않는 것.
사랑은 요리조리 옮겨 다니는 것.

한 사람이 가지고 동시에 여럿이 가질 수도 있는 것.
그러나 각자가 스스로 발견해야만
가질 수 있는 것.

시든 장미

| 하인리히 하이네 |

그녀는 한 송이 장미꽃 봉오리였네.
내 가슴은 꽃봉오리를 보며 애태웠지.
하지만 꽃봉오리는 자라나, 아름답게
꽃망울을 한껏 터뜨렸네.

세상에서 제일 예쁜 장미가 되었네.
나는 장미를 꺾고 싶었네.
하지만 장미는 가시로 나를
따끔하게 찌를 줄 알았네.

시들고, 바람과 비에 찢기고
할퀸 지금에 와서는
사랑하는 하인리히 나 여기 있어,
그녀는 내게 다정하게 다가오네.

뒤에서도 하인리히, 앞에서도 하인리히,
이제는 달콤한 목소리들이 들려오네.
이제 가시 같은 것이 나를 찔러서 보면,
그것은 아름답던 그녀의 턱이네.

턱에 난 작은 사마귀를 장식하는
털들이 너무 뻣뻣하네.
수녀원에나 들어가, 사랑하는 그대여.
아니면 면도를 하든가.

떨어져 흩어지는 나뭇잎

| 고티에 |

숲은 공허하게 녹이 슬어
가지에 붙어 있는 단 하나의 나뭇잎,
외로이 가지에서 흔들리고 있는
잎사귀는 단 하나, 새도 한 마리.

이제는 오로지 나의 마음에도
오직 하나의 사랑, 노래 한 줄기.
하지만 가을바람이 맵게 울고 있어
사랑의 노래 소리 들을 길 없네.

새는 날아가고 나뭇잎도 흩어지고
사랑 또한 빛바래네.
겨울 오면 귀여운 새여,
다가오는 봄에는 내 무덤가에서 울어다오.

작은 기도

| 사무엘 E. 키서 |

눈멀어 더듬더듬 찾게 하지 마시고
맑은 비전으로
언제 희망을 말할 수 있고
언제 한결 유익한 기운을 더할 수 있는가를
알게 하소서.
불길이 약할 때
얇은 옷 차려입은 꼬마들이 거기 앉아
여태껏 누려본 적 없는 즐거움을 그려보는 때에는
살랑살랑 부드러운 바람이 불게 하소서.

가는 세월 동안에는
무심코 내가 던진 말이나
내가 얻으려고 애쓴 노력으로 인하여
가슴 아픈 일도
두 볼이 젖게 하는 일도 없게 하소서.

우리 서로 자주 만나지 못해도

| 수잔 폴리스 슈츠 |

우리 서로 자주 만나지 못해도
편지는 자주 못해도
나는 알고 있어요.
어느 때라도 당신에게
전화하거나 편지 쓰거나
당신을 보러 갈 수 있다는 것을.
그리고 우리는 전과 변함없으리란 것을.
나의 모든 말과
나의 모든 생각은
당신을 이해해 주리라는 것을요.

우리의 우정은
함께 있어 지속되는 우정보다는
훨씬 더 정 깊은 우정이지요.

우리의 우정은
항상 우리의 마음에 남아
언제든지 우리가 필요할 때면
서로를 기꺼이 느끼는 친밀함이죠.

일생 동안 지속될
그런 우정이 우리에게 있다는 것.
그 우정을 안다는 것은
그렇게도 포근하고
그렇게도 따뜻한 느낌이지요.

산들바람의 노래

| 알프레드 테니슨 |

서쪽 바다로부터 부는 바람은
부드럽게 속삭이는 산들바람.

산들산들 부드럽게 어서 불어라.
서쪽 바다로부터 불어 오너라.

물결치는 파도를 불어 넘어서
기울고 있는 달 저쪽으로부터.

기다리는 사람을 내게 데려오게 어서 불어라.
내 귀여운 아기가 잠든 사이에.

자거라, 편히 자거라.
네 옆에 아버지가 돌아오시리니
자거라, 편히 자거라.

네 옆에 아버지가 돌아오시리니
내 아가야 자거라 사랑의 품에.

서쪽에서 아버지는 돌아오시리니.
은색 달빛 받으며 은색 돛대 달고서.
자거라 귀여운 아가, 어서 자거라.

황혼

| 빅토르 위고 |

황혼이다.
나는 문간에 앉아 마지막 노동에 빛나는
하루의 끝을 바라본다.

밤에 적셔진 대지에
나는 누더기 옷을 입은 한 노인이
미래에 거두어들일 것들을 밭이랑에 뿌리는 것을
바라보고 있다.

노인의 검고 높은 그림자는
이 깊숙한 들판을 차지하고 있다.
그가 얼마나 시간의 소중함을 절감하고 있는지
나는 알 것도 같다.

삶은 작은 것들로 이루어졌네

| 메리 R. 하트먼 |

삶은 작은 것들로 이루어졌네.
위대한 희생이나 의무가 아니라
미소와 위로의 말 한 마디가
우리의 삶을 아름다움으로 채우네.
간혹 가슴앓이가 오고 가지만
그것은 다른 얼굴을 한 축복일 뿐
시간의 책장을 넘기면
위대한 놀라움을 보여주리.

사랑하는 사람이여

| 롱펠로우 |

사랑하는 사람이여, 편히 쉬세요.
그대를 지키려 나 여기에 왔습니다.
그대 곁이라면
그대 곁이라면
혼자 있어도 나는 기쁩니다.

그대 눈동자는 아침의 샛별.
그대 입술은 한 송이 빨간 꽃.
사랑하는 사람이여, 편히 쉬세요.
내가 싫어하는 시계가
시간을 헤아리고 있는 동안에.

누구든 떠날 때는

| 바흐만 |

누구든 떠날 때는
한여름에 모아 둔 조개껍질
가득 담긴 모자를
바다에 던지고
머리카락 날리며 멀리 떠나야 한다.
사랑을 위하여 차린 식탁을
바다에 뒤엎고
잔에 남은 포도주를
바다 속에 따르고
빵은 물고기들에게 주어야 한다.
피 한 방울 뿌려서 바닷물에 섞고
나이프를 고이 물결에 띄우고
신발은 물속에 가라앉혀야 한다.
심장과 달과 십자가와 그리고
머리카락 날리며 멀리 떠나야 한다.
그러나 언제 다시 돌아올 것을,
언제 다시 오는가?
묻지는 마라.

내 사랑은

| 도를레앙 |

내 사랑은
장미꽃과 은방울꽃
그리고 접시꽃도 피어나는
아담한 예쁜 정원 안에 있습니다.

아담한 정원은 즐겁고
온갖 꽃이 다 있지요.
그것을 연인인 내가
밤낮으로 지킵니다.

새벽마다 슬프게
노래하는 나이팅게일 새의
달콤한 꿈을 보아요.
지치면 그는 쉰답니다.

어느 날은 그녀가 푸른 목장에서
바이올렛 꽃을 따는 걸 보았어요.
순간이었지만 나는 그만
그녀의 아름다움에 빠져 버렸어요.

나는 그녀의 모습을 그립니다.
우유처럼 뽀얗고
어린 양처럼 부드럽고
장미처럼 붉은 그녀의 모습을.

밤은 천 개의 눈을

| 프란시스 W. 버딜론 |

밤은 천 개의 눈을 가졌지만
낮은 단 하나뿐.
그러나 밝은 세상의 빛은 사라진다.
저무는 태양과 함께.

마음은 천 개의 눈을 가졌지만
가슴은 단 하나뿐.
그러나 한평생의 빛은 사라진다.
사랑이 다할 순간이 되면.

그날은 지나갔다
| 존 키츠 |

그날은 지나갔다.
달콤함도 함께 사라져 버렸다.

감미로운 목소리, 향긋한 입술, 보드라운 손,
그리고 한결 부드러운 가슴.

따사로운 숨결, 상냥한 속삭임,
빛나는 눈, 균형 잡힌 자태, 그리고 곧게 뻗은 허리.

사라졌도다.
꽃과 그 모든 꽃봉오리의 매력들은
사라졌도다.
내 눈으로부터 아름다운 모습이 사라졌도다.

그러나 내가 오늘 온종일 사랑의 미사 책을 읽었을 때
사랑의 신은 나를 잠들게 하리라.
내가 단식하고 기도하는 것을 보고서.

무지개

| 워즈워드 |

하늘의 무지개를 바라보면
내 마음은 뛰노나니.
나 어려서 그러하였고
어른이 된 지금도 그러하거늘
나 늙어서도 그러하리다.
아니면 이제라도 나의 목숨 거두어 가소서.

어린이는 어른의 아버지
바라노니 내 생애의 하루하루를
천성의 경건한 마음으로 살아가게 하소서.

불꽃처럼 가녀리고 순수한 그대
| 게오르게 |

불꽃처럼 가녀린 순수한 그대
아침처럼 화사하고 빛나는 그대
고귀한 줄기의 가지처럼 피어나는 그대
샘물처럼 신비롭고 단순한 그대.

햇빛 가득한 초원으로 나를 데려가다오.
저녁연기 속에 나를 감싸다오.
그늘 속의 나의 길을 밝혀다오.
그대는 서늘한 바람
그대는 뜨거운 입김
그대는 나의 소망.

나는 언제나 대기와 함께 그대를 숨쉬고
나는 언제나 음료와 함께 그대를 마시고
나는 언제나 향기와 함께 그대에게 입 맞춘다.
고귀한 줄기의 가지처럼 피어나는 그대
샘물처럼 신비롭고 단순한 그대
불꽃처럼 가녀리고 순수한 그대
아침처럼 화사하고 빛나는 그대.

나 여기 앉아 바라보노라
| 휘트먼 |

나는 앉은 채로 세상의 모든 슬픔을 두루 본다.
온갖 고난과 치욕을 바라본다.

나는 스스로의 행위가 부끄러워
고뇌하는 젊은이들의 가슴에서
복받치는 아련한 흐느낌을 듣는다.

나는 아내가 지아비에게 학대받는 모습을 본다.
나는 젊은 아낙네를 꾀어내는 배신자를 본다.
나는 전쟁, 질병, 압제가 멋대로 벌이는 꼴을 본다.
나는 오만한 인간이 노동자와 빈민과 흑인에게 던지는
경멸과 모욕을 본다.
이 모든 끝없는 비천과 아픔을 나는 앉은 채로 바라본다.

그리고 침묵한다.

새살림

| 토미오까 다에꼬 |

당신이 홍차를 끓이고
나는 빵을 굽겠지요.
그렇게 살아가노라면
때로는 어느 초저녁
붉게 물든 달이 떠오르는 것을 보고서야
때로는 찾아오는 사람이 있겠지요.
그것으로 그뿐, 이제 그곳에는 더 오지 않을 것.
우리는 덧문을 내리고 문을 걸고,
홍차를 끓이고, 빵을 굽겠지요.
당신이 나를
내가 당신을
마당에 묻어줄 날이 있을 거라고
언제나 그렇게 얘기를 나누겠지요.
당신이 아니면 내가
나를 아니면 당신을
마당에 묻어줄 때가 언젠가는 오게 되고
남은 한 사람이 홍차를 홀쩍홀쩍 마시면서
그때야 비로소 이야기는 끝나게 되겠지요.

나 가진 것 모두 그대에게 주었나니
| 스윈번 |

그대여, 더 이상 원하지 말아요.
나 가진 것 모두 그대에게 주었나니.
그대여, 더 값진 것이 있다면
모두 그대 발밑에 내어 주리다.

단 한 번일지라도 그대 옷깃에 스치우고
좀 더 참다운 그대의 사랑을 느끼고
그대의 정다운 이야기를 듣는다면
그 무엇이 나에게 아까우리오.
그러나 사랑밖에는 아무것도 없나니
내가 가진 것은 그대를 향한 내 사랑뿐.

더 값진 것 가진 이 있거든 그에게로 가세요.
더 귀한 것 가진 이 있거든 그에게로 가세요.
내가 가진 것이라고는
그대를 향한 붉은 심장뿐.

당신의 이름을

| A. 톨레토 |

당신의 이름을
하얀 눈 위에 써 놓으렵니다.
바람이 그 이름을 흔들면서 눈을 녹일 것입니다.
흰 눈 위에 쓰인 당신의 이름을 찾지 마세요, 제발.
영원히 찾지 못할 겁니다.

당신의 이름을
젖은 모래 위에 써 놓으렵니다.
파도가 그 이름을 치면서 모래를 밀어낼 것입니다.
젖은 모래 위에 쓰인 당신의 이름을 찾지 마세요, 제발.
영원히 찾지 못할 겁니다.

당신의 이름을
나의 노래에 새겨 두렵니다.
시간의 모든 날개가 모든 것을 지워 버리겠지만
나의 노래 중에 그 어느 하나라도
부디 사랑하여 주세요.
어느 먼 훗날 그대 이름이
그 노래 위에 살포시 내려앉겠지요.

누가 문을 두드린다

| 자크 프레베르 |

누구일까, 밖에.
아무도 아니지.
그저 두근거리는 내 가슴일 뿐이지.
너 때문에 마구 두근거리는.
하지만 밖엔
작은 청동의 손잡이는
꼼짝 않고 있지.
털끝만큼도 움직이지 않고
꼼짝도 않고 있지.

나비

| 라마르틴 |

봄과 함께 나서 장미와 함께 죽는다.
서풍의 날개를 타고 나른다.
맑은 하늘을.

몇 송이 안 핀 꽃들의 가슴에 흔들리며
향내에 햇살에 창공에 취하여
어린 몸을 흔들며 분가루를 뿌린다.

한숨처럼 가없는 하늘을 난다.
정녕 나비의 숙명.

이승의 욕망처럼 휴식도 없이
꽃이란 꽃에 닿아도 마음은 그 모양
열락을 찾다 끝내는 되돌아간다, 하늘로.

봄은 하얗게 치장을 하고

| 브리지스 |

봄은 하얗게 치장을 하고
우윳빛 새하얀 관을 쓰고 있다.
흰 구름은 부드럽고 환하게 빛나는
양떼처럼 하늘을 떠돌고 있다.

하늘에는 흰 나비가 춤추고
하얀 데이지 꽃이 대지를 수놓는다.
벚꽃과 서리같이 하얀 배꽃은
눈처럼 꽃잎을 뿌리고 있다.

그대를 아름다운 여름날에 비할까

| 셰익스피어 |

그대를 아름다운 여름날에 비할까
그대는 이보다 더 온화하고 사랑스럽다.
세찬 바람이 오월의 꽃봉오리를 뒤흔들고
여름은 오는 듯 가버리는 것.
때로는 태양이 너무나도 뜨겁고
태양의 황금빛은 자주 그 빛을 잃고 흐려진다.

이런 모든 것들은 시간이 지나면
그 아름다움이 줄어들거나 사라지지만
그대의 영원한 여름만은 시들지 않고
그대 지닌 아름다움 잃지도 않으리.

또한 죽음은 그대에게 멀리 있고
영원한 시간 속에
인간이 숨 쉴 수 있고
눈으로 볼 수 있는 한
그만큼 오래도록 이 시는 살 것이고
또한 그대에게 생명을 주리.

음악은

| 쉘리 |

음악은 부드러운 가락이 끝날 때
우리의 추억 속에 여운을 남기고,

꽃향기는 향기로운 오랑캐꽃 시들 때
깨우쳐진 느낌 속에 남아 있느니.

장미꽃 잎사귀는 장미가 죽었을 때
사랑하는 사람의 침상에 쌓이듯,

이처럼 그대 가고 내 곁에 없는 날
그대 그린 마음 위에 사랑은 잠든다.

희망은 날개를 가지고 있는 것

| 디킨슨 |

희망은 날개를 가지고 있는 것.
영혼 속에 머물면서
가사 없는 노래를 부르면서
결코 멈추는 일이란 없다.

광풍 속에서 더욱더 아름답게 들린다.
폭풍우도 괴로워하리라.
이 작은 새를 당황케 하여
많은 사람의 마음을 따뜻하게 했었는데.

얼어붙을 듯 추운 나라나
멀리 떨어진 바다 근처에서 그 노래를 들었다.
그러나 어려움 속에 있으면서 한 번이라도
빵조각을 구걸하는 일은 하지 않았다.

INDEX

ㅈ

하루에 시 한 편, 세계 명시 365

초판 1쇄 발행 2021년 07월 20일

—

지은이 칼라일 외
엮은이 윤호

—

펴낸이 김왕기
편집부 원선화, 김한솔
디자인 푸른영토 디자인실

—

펴낸곳 푸른문학
경기도 고양시 일산동구 장항동 865 코오롱레이크폴리스1차 A동 908호
전화 |031-925-2327   팩스 | 031-925-2328
제396-2013-000070호
홈페이지 www. blueterritory@com
전자우편 book@blueterritory.com

—

ISBN 979-11-968684-4-4 03810

* 파본이나 잘못된 책은 구입하신 곳에서 바꾸어 드립니다.